The Hard Life

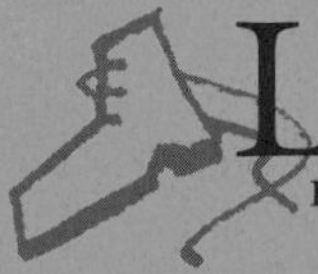

Flann O'Brien

ハードライフ

フラン・オブライエン

大澤正佳◎訳

国書刊行会

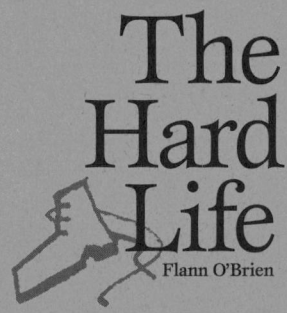

THE HARD LIFE
by
Flann O'Brien
1961

陰鬱を独自に表現する
彼のマスターピースを賛美する者として、
グレアム・グリーンに
このミスターピースを
敬意とともに献ずるものである

この作品の登場人物はすべて現実に即しており、
虚構によって仕組まれた者は
ひとりとしていない。

人間のあらゆる不幸は、一室に安んじて
独りいることができないことから来る。
——パスカル（『パンセ』第二篇一三九）

ハードライフ——卑俗釈義——

1

母のことはほとんど憶えていない。それでも母の幾分か、いや、彼女の半分、下半分の記憶はある——太股、膝、脛、足首、そして彼女が腰を屈めたときの手と手首。どんな声だったのか、ぼんやりとしか思い出せない。あのころ、当然のことながら、ぼくはひどく幼かった。そしてある日のこと彼女の姿が見えなくなった。何も言わずに、さよならもおやすみも言わないで、どこかへ行ってしまったのだ。そう思いこんでいたので、しばらくして兄に訊いた、五歳年上の兄に、マミーはどこって訊いたのだ。

——すてきな国へ行ったのさ。

——帰ってくるよね。

——どうかな、帰ってこないんじゃないかな。

——もう会えないってこと?

——会えるともさ。母さん今はおやじのところにいるんだ。

そう言われてもどういうことなのかさっぱり分からない、どうにも腑《ふ》におちなかった。それまで父の顔をじかに見たことは一度もなかった。写真では見た。茶色っぽく色褪せた写真だ——立派な口髭を貯えたいかめしい顔付きの父は制服制帽姿で背筋をぴんと伸ばしている。何の制服なのだろう？　当時のぼくには見当もつかなかった。あれは陸軍元帥か海軍大将の軍服だったのか。それとも父はただの消防隊員にすぎなかったのか。もしかすると郵便集配人だったのかもしれない。

　マミーがいなくなってからいろいろあったけれども、細かい点は憶えていない。とにかく真っ直ぐな金髪を長く伸ばした女がやってきて兄とぼくの面倒をみることになった。どちらかといえば無口のほうで、たいていは不機嫌な仏頂面をしていた。名前はミス・アニー。少なくとも彼女はぼくたちにそう呼ばせていた。洗濯と料理にやたら時間をかける女だったけれども、作るものといえばいつだってボックスティ（ポテト入りパンケーキ）とケイルキャノン（マッシュポテトとニラネギなどの伝統的料理）、それにべっとり脂っこい肉団子。これには全く閉口した。

　——刑務所送りってことになってもさ——ある晩のこと兄は寝際にふと言いだした——ぼくたちにとっちゃあそこの食い物だって別に苦にならないだろうよ。ここんとこのディナー、ありゃいったい何なんだ？　言っちゃ悪いけどあのアニーってやつ、ちょっとおかしいんじゃないかな。

　——あの肉団子のことなら、あれはあれでまあいいんじゃないの——いつもいつもあればっかりじゃなきゃね。

――体に悪い、それはたしかだ。

――そうだね、脂っこすぎるよね。

――マミーだったら週に一度はキャベツを添えたハム料理を出してくれたものなあ。憶えてるか？

――憶えてない。まだ歯が生え揃ってなかったもん。ハムって何？

――ハムか？　すてきな食べ物さ、ほんと。赤身の肉でね、上等のはリメリック州の特産だ。

思い出すままにあのころの他愛もない遣り取りを記したが、おぼろげな記憶が頼りだから恐らくは思い違いということもあるだろう。

このような状況――欠落あるいは脱落部分、いわば一種の空白期間がどのくらい続いただろうか。自分でもはっきりしない。しかしはっきり憶えていることもある。ミス・アニーがそれまで以上に猛然と洗濯しはじめたのだ。狂暴とも言える勢いで洗濯物の皺を伸ばし、アイロンをかけ、折り畳む。その恐るべき激しさに気圧《けお》された兄とぼくはこれはただごとじゃない、何かあるなと思った。こればっかりは思い違いではなかった。

ある朝、オートミールとティー、パンとジャムの朝食がすんだころ、家の前に馬車がとまった。窓越しにのぞいていると一風変った初老の婦人がステッキを手にして降りてきた。

帽子の縁からのぞいている髪はごま塩で、顔はひどく赤い。とてもゆっくりした足取りだ。目が悪いのかもしれない。彼女を招き入れるとすぐさまミス・アニーはぼくたちに、こちらはミセス・クロッティ、あんたたち行儀よくしなさいよ、と言った。台所に入りこんだ初老の婦人はしばらく何も言わずにぼんやりとあたりを見まわしている。

——これがお話したいたずらっ子二人です、ミセス・クロッティ、とミス・アニーが言った。

——元気そうじゃないの、二人とも。神の御恵みを、とミセス・クロッティは甲高い声で言った。この子たち言うことはよく聞くんでしょうね。

——ええ、まあ、でも時としてミルクを飲ませるのに手こずったりしますけど。

——なんですって！　呆れ顔のミセス・クロッティは声を張りあげた。そんなばかなことってあるかしら？　この子くらいの年頃には、あたし、飲みあきるなんてことなかった。そうですとも、何杯もおかわりしたものよ。バターミルクも好きだった。胃と神経にこれくらい良いのはほかにありませんからね。ミスタ・コロッピーにはいつもいつもそう言ってるんです。でもだめなの、ちっとも聞いてくれやしない。このテーブルに向かって喋ってるのと同じなんだもの！

ミセス・クロッティはだしぬけにステッキでテーブルを叩いた。ミス・アニーはびくっとした。ちょっとミルクを話題にしただけなのになんでこんなにいきりたつのかしら。彼女はエプロンをはずした。

——そのうちなんとか、と彼女は口ごもった。御者は外に？　こちらの準備は出来てますけど。

——ミスタ・ハナフィンは外で待ってます。呼んできてくださいな。おちびさんたち、こざっぱりしているんでしょうね？

——できるだけは。二人にはたっぷりお湯を使わせる必要があるんですけど、でも、なにしろこのあたりでは水の出が悪くて。

——まったくねえ、とミセス・クロッティは顔をしかめた。何がいやだって汚れくらいぞっとするものはありませんからね。まあいいでしょう、そこのところはいずれこちらで面倒みるとしますから。ではそろそろ！

ミス・アニーは席を立ち、御者ミスタ・ハナフィンを連れてきた。赤ら顔の男だ。おそらくは黒ビールの飲みすぎというところだろう。それでも服装はそれらしくきちんときめている——縁のせまい山高帽、それから、暗緑色のケープ付き外衣。

——どちらさんもおはようさんで、と彼は愛想よく挨拶した。たった今ミス・アニーにとってもお元気そうでと言ってたところなんですよ、ミセス・クロッティ。

——そうねえ、ここの腕白は手に余るようだし、ミスタ・コロッピーときたらひどく扱いにくいおひとなんだから、ほんの少しでも息抜きができたら静かなスケリーズで過す二週間ほどの効き目はあるでしょうけどね。

――とにかく血色がよろしいようで、とミスタ・ハナフィンは陽気に応じた。そこのちびっこおふたりさんがあたしのお客ってわけで？

――そう、大事な積荷なんだからこぼれ落ちないようにしてね、とミス・アニーが言った。

――これはこれは、とミスタ・ハナフィンはにやりとした。このての積荷ならマリウスも御機嫌でさあ。威勢よく突っ走るでしょうよ。

――マリウスって誰？　と兄が訊ねた。

――あたしんとこの雌馬。

あとになって兄は言ったものだ――マリウスって男の名前じゃないか、雌馬につけるなんておかしいよ、マリアなら分かるけどさ。その頃から目端が利く兄だった。あのときぼくは外で待つ馬のことで何やら下卑た言葉を口走ったようだ。そんな口の利き方しちゃだめだ、と兄は言った。

――どうして？

――テレサがいやがるだろうからね。

――テレサって誰なの？

――姉さんさ。

——ぼくたちの？　どういうこと？

荷物はどこ、ミスタ・ハナフィンに教えてやらなきゃ、とミセス・クロッティがミス・アニーに言った。御者とミス・アニーは台所わきの裏部屋に入った。がたがたと大きな音がする。思っていたよりずっと大きな荷物だ。兄とぼくの衣装トランクは……そう……とってもこじんまりしているのだから、毛布とか枕とかなにやかやの寝具類、それにカーテンなんかも一緒くたに詰め込んだに相違ない。

やっとのことでミスタ・ハナフィンは一切合切を馬車の屋根に積みあげた。ミス・アニーは入念に戸締りをした。彼女とミセス・クロッティは妙に改まった面持ちで後部座席におさまり、その真向いにぼくたちが坐る。夏だった。楽しかった。次から次へと大きな屋敷が流れ去る、道のまんなかをがたんごとんと電車が走る、がっしりした馬が大きな荷馬車を曳いている、そしてぼくたちのマリウスの蹄は陽気な調べを奏でている。すぐに分かったことだが、ぼくたちの旅の目的地はウォリントン・プレイス——大都会ダブリン南部地区の運河沿いに威容を誇るハーバート・プレイスに接する少しばかり格下の一郭である。

思い返せばあれは一八九〇年、ぼくはまだ五歳だった。幼いぼくは直観的に感じとっていた、自分の身の上に何かただならぬ変化が起ころうとしている。でも、その変化がどれほど大きなものかは知るよしもなかった。こうしてぼくはミスタ・コロッピーと対面することになる。

2

ミスタ・コロッピーについて語る以下の記述には多少の誤解を招きかねない箇所もあろうが、誠実さにおいて欠けるところはいささかもない。そもそも彼との初対面の印象を忠実に再現することなど望みえないのであって、これはむしろ彼をめぐる回想、長年にわたるさまざまな思いと経験から抽出され総合されたミスタ・コロッピー像なのである。とはいえ、明確に述べうるのは次の事実である——応答なし、それが彼にまつわるきわめて鮮烈な第一印象であった。つんと澄まして音高くドアを叩いたミセス・クロッティはやがてハンドバッグを開けて鍵を探しはじめた。自分の手でドアを開けることになろうとは思ってもみなかったようなのだ。

——あやしい空模様ね、雨かしら、と彼女はミス・アニーに言った。

——まあね、とミス・アニーは言った。

ドアが開いた。一同は一列になってミセス・クロッティに続いた。殿《しんがり》をつとめるのは荷物運びのミスタ・ハナフィン。

すっかりがたが来た籐椅子に彼は坐っていた。鉄縁の眼鏡越しに小さな赤目をぼくたちに向け、少しでもよく吟味しようというのか顔をぐっと突き出す。大きな頭にかぶさるごま塩の長髪はよじれた荒縄さながらで、口全体を覆い隠す口髭はまさに黒く大きなブラシそのものだが、毛先は灰色に変っている。貧弱な顎を支える筋ばった首のほとんどはセルロイドの白いカラーに埋もれている。ネクタイはない。これといった特徴のない地味な服が痩せぎすの小柄な体を包んでおり、大きなブーツの靴ひもはほどけたままだ。

——いやまったく、と彼は抑揚のない声で言った。それにしてもずいぶん早いじゃないか。おはよう、ハナフィン。

——おはようさんで、ミスタ・コロッピー、とミスタ・ハナフィンが言う。

——ありがたいことに、このアニーがなにもかもぬかりなく準備してくれたんですよ、とミセス・クロッティが言った。

——とてもそんな、とミス・アニーは言った。

——まったくのところ、ミスタ・コロッピー、とミスタ・ハナフィンが陽気な声をあげる。すっごくお元気そうですね、まったく。なんともいい顔色をしてらっしゃる。どうすりゃそうなれるんですかね。

兄とぼくはミスタ・コロッピーの血色のないたるんだ顔を見た。そして互いに顔を見合わせた。

——そうさな、はっきりとは言えんが、とミスタ・コロッピーは言った。勤勉なればこそよき報いあり、といったところかな。ハナフィン、その荷物はとりあえず裏の部屋に入れといてくれたまえ。さて、ミセス・クロッティ、この二人が嵐から脱け出してきた腕白どもっていうわけですかな。やつれた気配が少しもないのは、アニー、あんたがあてがってやった結構な食事のおかげだ、そうとも確かに。

——まあそんなところかしら、とミス・アニーは言った。

——まずは引き合わせてもらいましょう、ミセス・クロッティ。

ぼくたちは進み出て、四角張った声で名前を言った。坐ったままミスタ・コロッピーは兄の襟元に手をのばし、はずれているシャツのボタンを留め直した。それからおもおもしく気取った態度でぼくたちと握手し、チョッキのポケットから一ペニー銅貨を二枚取り出して一枚ずつ手渡してくれた。

——おまえたちの手に俗世の利を、魂には祝福を与える、と彼は言った。

——俗世の利に感謝します、と兄は言った。

——いい名前だな、メイナスとフィンバーか、アイルランド人にふさわしい立派な名前だ、とミスタ・コロッピーが言った。ラテン語でマヌスは大きいって意味なんだぞ。それをよく覚えておくように。大いなる司祭を見よ、とミサ典書にあるくらいだから、これは大いに励みとなる名前だ。ああ、そういえばフィンバーのほうは正真正銘アイリッシュ。コーク州出身の聖人の名前なんだからな。遙かな昔に彼は遠く広くあまねく福音を述べ伝えたのだが、ほとんど世に知られないまま世を去った。各地を経巡った末、クイーンズタウン（コークの外港コーブの旧称）近くを流れるリー川の中洲で餓え死にしたそうだ。

――聖フィンバーはプロテスタントだったと聞いてます、とミセス・クロッティがぴしゃりと言った。お宗旨違いのつまらない人だった。そんな名前をこの子につけるなんてどうかしてるんじゃないかしら。

――馬鹿言いなさんな、ミセス・クロッティ。あの方の心はアイルランドに、魂はローマ教皇に捧げられていたのだ。その袋から突き出しているのは何だね、ハナフィン？　箒《ほうき》か、シャベルか、いったい何だ？

二度目の荷物を運びこんできたミスタ・ハナフィンはミスタ・コロッピーの視線を追って問題の対象物を見た。

――なんてこった、ミスタ・コロッピー、と彼は応じた。シャベルだなんてとんでもない。ありゃハーリング・スティック（ハーリングは伝統的なアイルランドの球技）でさあ。アイルランド最高のトネリコ材、ええ、あたしが保証しますがね、キルケニー（アイルランド東部）ものですぜ。

――それは結構。なるほど、うねり流れるノール川（ティペラリに発し曲がりくねってキルケニーに達す）の土手にはえてたやつってわけかね？　このわしもかつて血気さかんな若者だった頃は名選手として知られておった。あの頃はミッドフィールドから敵陣ゴールにみごとボールをぶちこんだものだ。

――なるほどねえ、とミセス・クロッティが冷たく言う。それが原因で指関節のリューマチになったわけね、あなたいつもぶつぶつ言ってるじゃないの。

――そう思いたければ、ミセス・クロッティ、それはそれで結構。あれは男らしくてすばらしいスポーツなんだ。それが原因の故障が今も残っていたってなにも恥ずかしいことじゃない。あの頃ハーリングをやらない男なんて男じゃない、まったくのゼロだった。ローマ教皇さえ敬意を表していらっしゃるローグ枢機卿にしても、アイルランド語を喋るうえにひとかどのハーリング選手じゃないか。あんたハーリングをやったことがあるかね、ハナフィン？

――あたしのふるさとティナヒリーあたりじゃフットボールが盛んでして。

――マイケル・キューサック（一八八四年「ゲーリック・アスレティック連盟」創設）のゲーリック方式なんだろうな？

――もちろんそうなんで、ミスタ・コロッピー。

――結構。自分の国の競技は自前の方式にかぎる。新しもの好きの若者たちがだぶだぶのズボンなんかはいてブル・アイランド（ダブリン市東郊）あたりでゴルフなんてものをやってるのを見かけるが、ありゃいったい何だ。あきれたもんだ、あんなのはとても競技とは言えん。

——ダブリンにはそのての流行に弱い連中がわんさといましてね。そりゃもう間違いのないところで、とミスタ・ハナフィンが言う。あの連中ときたら例の公園（ダブリン市北郊フィーニックス・パークを指す）でポロをやってるイギリス将校のまねをしてシャツ寝巻きみたいなのを着かねないんですからね。恥知らずもいいところでさ。

——そういえばこのところアイルランド自治（一八七〇年頃からアイルランド人が主張しはじめた）がさかんに論じられておる、とミスタ・コロッピーは言葉を強めた。ところがどうだ、あのざまは！　ブル・アイランドあたりでのらくらしている連中を見ると、われわれにはアフリカの黒人同様に自治を論ずる資格なんぞないと思いたくなる。

——さあテーブルに着いて、とミセス・クロッティが言った。ティーの支度はいいわね、アニー？

——まあどうやら、とミス・アニーは言う。

一同席に着いた。ミスタ・ハナフィンはみんなに祝福の雨を振り撒きながら出て行った。席に着いた顔触れの人間関係をここに改めて明らかにするのは時宜にかなうことであろう。ミスタ・コロッピーは母の義兄である。ということはつまりぼくの義理の伯父に当る。彼は二度結婚している。ミス・アニーは最初の結婚のときの娘。ミセス・クロッティは二度目の妻なのだが、どういうわけか誰もミセス・コロッピーとは呼ばない。今は亡き最初の夫をいとおしく思うあまりその名をかたくなに守ってきたせいなのか、それとも身についている旧姓をうっかりそのままにしてきただけなのか、そのへんははっきりしない。おまけに彼女は再婚相手をいつも形式ばってミスタ・コロッピーと呼んでいるし、ミスタ・コロッピーのほうも彼女をミセス・クロッティと呼んでいる。少なくとも第三者の前ではそうなのだが、夫婦二人だけのときどうなってるのかは知るよしもない。底意地が悪い人であれば、この二人は結婚なんかしてないと勘繰り、ミセス・クロッティは囲いものか住み込みの娼婦なんだと邪推したくなるかもしれない。しかしこれはまずありえない話だ。なにしろミスタ・コロッピーは教義・教条にうるさい人だし、リーソン・ストリートのイエズス会士クルト・ファーレルト神父とは多年の交友関係にある熱心なキリスト教徒なのだから。

以上の説明は前に言ったように時宜にかなうことだと思いはするが、これで事態の明快な解明がなされたとはわれながらとても言えたものではない。

3

死んだような空気が澱《よど》んでいるこの家で歳月はのろのろと過ぎ、五つ年上の兄が学校に入れられるときがきた。彼はある朝早くミスタ・コロッピーに引き立てられてウェストランド・ロウにあるクリスチャン・ブラザーズ・スクール校長に会うことになった（アイリッシュ・クリスチャンブラザーは一八〇二年アイルランドに創設された学校教育に携わる修道会の会員）。ただ形式的な顔合わせと入学手続きをするだけだろうと思っていたのに、ミスタ・コロッピーはひとりで帰ってきた。

——神の御心のままに、と彼は言った。本日メイナスは学習と成功に至る梯子の最初の横桟に足を掛けた。その高ききわみに星ひとつきらめきて彼を招く。

——あの子ったらかわいそうにお昼抜きなのよ、とミセス・クロッティが金切り声をあげた。

——考えてもみたまえ、ミセス・クロッティ、主の御配慮を。空飛ぶ鳥さえも養ってくださるのだ。わしはあの木偶《でく》の坊に二ペンス与えた。ブラザー・クラッピーの話では、通りのはずれの床屋で売り物にならないスコーン一袋を一ペニーで生徒に売ってくれるそうだ。

——で、ミルクはどうなの？

——なに言ってるんだ、あんた、少しおかしいんじゃないのか。あの子にミルクを飲ませようってんで、あんた、さんざ手を焼いてただろ。ミルクは毒だ、とあの子は思っている。モルトウィスキーは一口だって毒だ、と思いこんでるあんたと同じでね。さて、とりあえず一口やるとするか。わしの酒壜を出してくれ。

時が経つにつれてだんだん口数が少なくなってきた兄は、「学校なんてくだらん」と言うばかりで新しい環境についてろくに話してくれなかった。思ったより早く、今度はぼくの番になった。ある夕方、ミスタ・コロッピーは朝刊はどこだと言った。手近の新聞を彼に手渡した。彼はそれをぼくに突き返した。

——朝刊、今朝の朝刊。

——でも、それ今朝のだと思って。

——思った？　読めないのか、おまえ？

——ええと……うん。

——やれやれ、心優しき全能なる神よ、深き御心もてわれらを哀れみたまえ！　知らないのか、おまえ、おまえくらいの年頃にモウズ・アート（モーツアルト）はシンフォニーを四曲、それに美しい歌曲をどっさり書きあげていたんだぞ。ペイガン・ニーニ（パガニーニ）はプロイセン王に招かれてヴァイオリンの御前演奏をやってのけたし、荒野の洗礼者ヨハネが口にしえたのはバッタと野の蜂蜜のみであったではないか。恥ずかしくないのか、おまえ？

——でも、ぼくまだあんまり年をとってないから。

——とってない？　そうだろうか？　ほかの連中同様におまえも間違った方から年を数えてる。ところがおまえの人生のはしっこから逆算するとあと三か月しか残ってないかもしれないじゃないか。

——まさか、そんな！

——どうだね？

——でも……

——その「でも」ってやつはポケットに入れておくんだな。わしの言うとおりにするんだ、いいかね。明日の朝は時計が八時を打ったら起きる、そしてさっさとさっぱり顔を洗う、よろしいな。

その晩、床に就くと兄は言った、冷やかし半分の口調だった——学校に入ったらラテン語とシェイクスピアを叩きこまれるぞ、そしてキリスト教教義の授業でブラザー・クラッピーから信仰の糧《かて》をふんだんに詰めこまれたあげく、かつてのキリスト教徒が古代ローマの円形闘技場でどんな目にあったか身を以て知るべしと鞭打ちを雨霰《あられ》と浴びせかけられることになる——こう聞かされてなんたる憂き目にあうことかと案じつつその夜ぼくは目を閉じた。でも、兄の話のすべてがぴったり当てはまったわけではなかった。意外なことに、翌朝ミスタ・コロッピーはぼくを連れて運河沿いの道を足早に通り過ぎると、兄が通うウェストランド・ロウではなくシング・ストリートにあるクリスチャン・ブラザーズ・スクール宿舎の玄関ベルを押したのだ。のっそり顔を出した黒服の若者にミスタ・コロッピーは校長ブラザー・ガスケットに面会したいと伝えた。やがて陰気臭い小部屋に通された。壁には修道会創始者ブラザー・ライス頭像の鋼板印画、それにテーブルと椅子三脚——それだけだ。

——信仰の念厚きところに固有の薄き香りあり、か。思い入れよろしくミスタ・コロッピーは呟いた。ありゃ屁理屈というもんだ。つまりは女の匂いがしないってだけじゃないか。

彼はぼくに目を向けた。

——知ってるか、この聖なる館にはただひとりの女も入れないのだぞ。それが当然の仕来りなんだ。ここで教鞭をとるブラザーが実の母親に会うにしても、目立たぬように外のインペリアル・ホテルで待ち合わせなければならん。おまえどう思う?

——とてもきついなって思うよ、とぼくは言った。ここで会えばいいのに、誰かもうひとりブラザーを同席させてさ。刑務所だって面会日には看守が立ち会ってればいいんでしよ。

――妙な例を出したもんだな、まったく。そういえば確かに似てないこともないな。ただし囚人をつなぐ鎖と違ってここのは十八カラット純金製で（純金は二十四カラット）、聖なるブラザーたちは跪いてそれに口づけするものなのだ。

音もなくドアが開いて、ずんぐりした初老の男がするりと入ってきた。その憂い顔に形ばかりの微笑を浮かべた彼は左手を胸に当てたままぼくたちと握手した。

――気持のよい朝ですな、ミスタ・コロッピー、としゃがれ声の彼は言った。

――そうですね、ブラザー・ガスケット、ありがたいことで、とミスタ・コロッピーが応じ、三人とも椅子に坐った。この腕白を連れてきたわけはお話しするまでもないと思いますが。

――さよう、トランプのやり方を習わせようというわけではありますまい。

――おっしゃるとおりで、ブラザー。名前はフィンバーといいます。

――それはまたなんと！　なんとも秀逸な名を付けたものですな。なにしろ教会の誇りとされる名前なのですから。あなたとしてはこのフィンバーの知識伸長を期待しておられる、そう考えてよろしいのですね。

――そう考えて頂ければありがたいのです、ブラザー・ガスケット。それにしても大大的な伸長が必要となりましょう。とにかくこの子が知っていることといったら茶番劇で歌われる低俗なはやり歌や俗謡、もっぱらそのてのことばかりなんです。引き受けて頂けるでしょうか、ブラザー？

——もちろんですとも。当然のことながらこの子には読み・書き・算術の基礎からユークリッドにアリストファネス、それからゲール語まできっちり教え込みましょう。そしてキリスト教の要諦を完璧に会得させます。さらに、神の御心のままに、いつの日かこの子が修道士になりたいと一念発起するならば、はばかりながら当修道会が迎え入れましょう。もちろんこの子が十分に修行を積んでからの話ですがね。

この話の締めくくりを聞いてぼくはどきっとした。何か差し止め願いめいたものを発しなければと思ったくらいだ。冗談にしても御免こうむりたいところだし、ぬめぬめしたブラザーが冗談口をたたくなんて少し冗談が過ぎるというものだ。

——ぼく……ぼく思うんですけど、ブラザー・ガスケット、それ別に急がなくっても。

彼は笑った。暗い笑いだった。

——あはー、フィンバー。もちろん一足飛びってわけにはいかんがね。

それから彼とミスタ・コロッピーは顎と顎をつき合わせて何やらぼそぼそ相談していた。やがて伯父は席を立った。これで帰れると思ってぼくも立ちあがったが、彼はそれを押しとどめるような身振りをした。

——まだ用は済んでない、と彼は言った。ブラザー・ガスケットがおっしゃるには直ちに就学するがよかろうとのことなのだ。角をつかんで牛を押さえよ、と言うではないか。恐れず難事に取り組むが最善の途だからな。

その予感がまったくなかったわけではないが、それにしてもこう言われてぼくはあわてた。

――でも、とぼくは声をあげた。でも、お弁当持ってきてないもん……スコーンも買えないじゃないか。

――心配無用、とブラザー・ガスケットが言った。急なことなのだから今日は半ドン、午後は休みにしてあげよう。

このようにしてぼくはシング・ストリートの陰気臭い校門をくぐることになった。そして間もなく「革ひも」と呼ばれるしろものの働きをじっくり思い知らされたのである。革ひもと聞いて袋や鞄に付いているたぐいを思い浮かべる人もいるだろうが、それとはまるっきり違う。こちらは何本もの革ひもをまとめて縫い合わせたもので、太い棍棒さながらにがっしりしているが、相手の手の骨を砕かぬ程度にはたわむのだ。これで叩かれる痛さは尋常じゃない。とりわけて親指の先端あるいは手首に打ちおろされると（しばしばわざとそこが狙われるのだが）、まず痺れて感覚が失われる。それに続いて麻痺した箇所に血流が戻ろうとして激痛が走るのだ。だいぶたってから兄の考案になる苦痛予防対策なるものを教わったが、効き目はほとんどなかった。

ミスタ・コロッピーは何故ぼくたちを違う学校に通わせることにしたのか。その理由はよく分からなかった。ぼくたちが示し合わせてカンニングや宿題の丸写しをやれないよう伯父は先手を打ったのだ、というのが兄の考えであった。たしかに大変な量の宿題が出されていて毎晩それをなんとかこなす必要がある。いや、そうとばかりは言えないか。というのも生徒の間には手の込んだ不正行為互助組織が形成されていて、朝早めに登校すればそれを利用できるからなのだ。兄と違ってぼくとしては、ミスタ・コロッピーが取った措置は彼本来の狡猾さと分割し統治するという基本的信条のあらわれのように感じられたのである。

4

それでも歳月は流れつづけた、ありがたいことにこれといった波風を立てることもなく。ぼくは十一歳になっていた。兄は十六、もう一人前の大人だと思っている。

春のある日、三時半ごろシング・ストリートの学校からの帰り道をぼんやり、とぼとぼ歩いていた。家のそばの車道をはさんだ向う側、つまり運河沿いにいたぼくは、ふと目をあげて五十ヤードほど離れた自分の家を見た。その場で冷たい石になった、ぴたり足が止まった。心臓は激しく肋骨を打ち叩き、伏せた目は足下を凝視した。十字を切った。おずおずとまた目をあげた。やっぱり！

玄関の左手、およそ十五ヤードばかりのところに一本のかなり高い木。頭と両肩がその梢の上にのぞいている。兄だ。木そのものからは少し離れている。ぼくはこの幻影をじっと見つめた。大きく開いたぼくの目はまさに襲いかかろうとする毒蛇に立ちすくむ哀れな動物の恐怖に凍てついた目というところか。彼は合図でもするかのように両腕を揺り動かしはじめた。なんとも不気味だった。つぎにぼくの目に映ったのは彼の背中。家のほうに戻りつつある。ああ、空中歩行！　あまりのことに恐れわななきながらぼくは水面歩行をされたあの方のことを思い浮かべた。力なくまた目をそらし、よろめきながらやっとのことで家に入った。顔面蒼白、口もきけなかった。

キッチンをのぞくと、いつも彼が坐る椅子にミスタ・コロッピーの姿はなかった。アニー――ぼくたちはもう「ミス」抜きで呼ぶようになっていたのだが――アニーはぼくの前にポテトと大皿のシチューを置いた。この際さりげなく振舞ったほうがいいだろう。

――ミスタ・コロッピーは？

彼女は裏部屋のほうを顎でしゃくってみせた。

――あそこよ、と彼女は言った。なんのためか知らないけど、巻き尺で何やら寸法を測ってるみたい。それよりミセス・クロッティの加減が悪くなってるのが心配だわ。今朝もまたドクター・ブレナーハセットに来てもらったのよ。神さま、お守りを！

たしかにミセス・クロッティの容態はただごとじゃなかった。二か月前から床についている彼女は、寝室のキッチン側ドアをいつも半開きにさせている。声が、弱々しい声が、ミスタ・コロッピーかアニーに届くように、というのだ。ぼくも兄もその部屋には一度も入らなかったが、それでも偶然に何回かは階段で彼女の姿を見かけたことがある。奇妙な色の部屋着か寝巻きを羽織った彼女がミスタ・コロッピーにもたれかかり、かぼそい手で階段の手すりにしがみつきながら二階のトイレから降りてくる。そのやつれた顔の恐ろしいほどの青白さに、見ているぼくも色を失ったものだ。

——ひどく悪いんだね、とぼくは言った。

——まあそんなところかしら。

食後のティーを飲み終るとさりげなくキッチンを出て階段を昇った。心臓はまた激しく肋骨を打ち叩きだした。ぼくたちの部屋に入った。

こちらに背を向けて立つ兄はテーブルに体をかがめて小さな金属片らしいものをいじくっていたが、顔をあげるとぼんやりうなずいた。心ここにあらずといった様子だ。

——いいかな、とぼくはおずおず切り出した。質問があるんだけど、いいかな？

——どんな？　いまちょっとした仕掛けをやりかけてるんだ。

——とにかく聞いてよ。さっき帰ってきたとき、兄さんが空中を歩いてるとこを見た、でも、あれってぼく見たんだろか、本当に？

彼は振り返ってぼくをじっと見つめ、大きな笑い声をあげた。

——なんだ、なんてこった、と彼はまだクックッと笑っている。言ってみればまあ見たと思うよ。

——どういうこと、それ？

——面白い質問だな。で、どんなふうに見えた？

――言わせてもらえば、自然じゃない、とてもあやしげに見えた。もし兄さんが神さまではないものの力を利用しているのだとしたら、暗黒の罪深いやつらとかかわりを持っているのだとしたら、ぜひともファールト神父に会ってほしい、すぐにも会いに行かなくちゃ。こんなことしてたらろくなことにならないんだから。

ここで彼はまたくすくす笑った。

――窓の外を見てみろよ、と彼は言った。

ぼくは窓に近寄った、ゆっくりとおそるおそる。窓の外にかなり高い木が見える。その梢近くの太い枝と窓敷居との間に一本のロープがぴんと張り渡されている。それは部屋のなかに引き込まれていて、窓際に置かれたベッドの脚に締め金でしっかり固定されている。

――ぶったまげたな！　ぼくは叫んだ。

――よくできてるだろ？

――すっごいな、綱渡りか、こりゃすごい！

――材料はクイーンの店のジェムから手に入れた。そんなにびっくりするほどのことじゃない。明日になったらこの部屋にロープを張り渡してやろう。とりあえず床上一フートあたりにね。そうしたらおまえだってほんのちょっと練習すれば綱渡りの真似事ぐらいできるさ。大した違いはないんだ、高さ一インチだって一マイルだって同じことじゃないか。要するに気持の持ち方なんだ。心理学とかいうややこしいことはさておいて、要点は簡単さ。子供だってバランスはうまくとれるだろ。肝心なのは高いって考えをきれいさっぱり忘れてしまうこと、それが綱渡りのこつなんだ。もちろん、いかにも危険らしく見えはする。でもね、このての危険は金になる。安全な危険ってところかな。

――もし落っこちて首の骨でも折ったらどうなるの？

――ブロンダン（フランスの軽業師、綱渡り師。一八二四―九七）の話を聞いたことないのか？　七十三歳まで生きた彼はベッドの上の大往生だった。今から五十年前にナイアガラの滝を横切る綱渡りをやってのけた男なんだぞ。渦巻き轟く水面上百六十フィートの綱渡りだ。それに、男を背負うやら途中で卵を目玉焼きにするやら何回もすてきな綱渡り芸を披露したそうだ。すごい人だよ、まったく。いつだったかベルファストでも興行を打ったんじゃなかったかな。

――この調子だと、兄さん、いずれ頭がおかしくなるんじゃないの。

――この調子で、いずれ金もうけするつもりさ。考えがあるんだ……とても重要な計画をいろいろ持っている。ほらこれを見ろよ。印刷機だ。ウェストランド・ロウに住んでるやつから手に入れた。やつは伯父のところからこっそり持ち出してきたそうだ。型は古いが操作は簡単でね。

そんなことよりぼくはロープのほうが気になっていた。

――じゃあダブリンのブロンダンになろうってつもりなの？

――まあ、そんなところだな。

つもり?

――ナイアガラは遠すぎるよね。リフィー(ダブリン市中央を流れる川)にでもロープを張り渡そうってて

彼は目を丸くした。手にした金属片が床に落ちた。大きく開いた目をぼくに向けた。

――こりゃ驚いた、と彼は言った。いいこと言うじゃないか。まったく大したことを言ってくれるじゃないか。リフィー越しにロープを、だと? マウント・ストリートの命知らず、覆面の怪人! こりゃ金になる――ひと財産は確実だ! なんてこった、どうしてもっと早く思いつかなかったんだろう?

――ほんの冗談のつもりだったんだけど。

――冗談? このての冗談ならどんどん言ってもらいたいもんだ。このアイデアについてファールト神父に会ってみよう。

――危険な目にあいそうだから、まえもって神の恵みを祈ってもらおうっていうの?

――ばかな! いまのぼくに必要なのは相談役というかマネージャーなんだ。ファールト神父は若い教師をたくさん知っている、それも調子のいい連中をね。その誰かにぼくを紹介してもらうつもりだ。そうだ、フランク・コーキーを憶えてるか? いかれたイエズス会士でさ、以前この家にいたじゃないか、あの公立小学校(アイルランドの野外学校に代わるものとして一八三一年にイギリス政府が制定した小学校で、この国本来の言語と歴史の授業は禁止された)の教師だよ。あの男なら二ポンド貰えばエルサレムの嘆きの壁だってこっぱみじんにぶっとばすだろう。仲間としちゃあまさにうってつけの男だ。

――いかれた若者の自殺に手を貸したってことであのひと学校をくびになるってわけ？

――まあ見ていろよ、なんとかうまく話をつけるからな。

こうしてその日の対話は終った。思いがけない話にびっくりしたものの、ぼくはこれから兄がすることを想像してひそかに楽しんだものだ。彼はまずファールト神父に話を持ちかけ、リフィー越え綱渡り計画のまとめ役を頼み込む。たまたま同席しているミスタ・コロッピーはかたわらの籐製肘掛け椅子に手足をだらしなく投げ出して坐り、話に耳を傾ける。やがて激震が襲い、轟音が響き渡る。兄の話がただごとならぬ大騒動を引き起こし惨状をもたらすこと必定であろう。

でも兄がまさか実際にそんな行動に出るとは思っていなかった。ところがある日、何も言わずに家を脱け出した彼はロワー・リーソン・ストリート三十五番のファールト神父を訪ねたのだ。夕方になって戻ってきた彼は少し気落ちした様子だった。

――あの修道会士ときたらまともに耳を貸してくれるどころか逆にお説教さ。きみは自分をごろつきだとでも思っているのか、きみの家族の体面を傷つけようっていうのか、こんな調子でね。そんな思いつきなんかきれいさっぱり忘れなさい、さもなきゃコロッピーさんにぶちまけますぞ、と脅したうえで、いいね、忘れるね、と迫ってきた。はい、とぼくは言った。そうするほかなかったんだ。でもまあ見ていろよ、なんとかコーキーとじかに話をつけるからな。そしてみごとにやってのけるんだ。これほんきだぞ。家族の体面を傷つけるだって？　冗談じゃないぜ、まったく。

――バーナム（米国の興行師。一八七一年「地上最大のショー」を組織し、サーカスを確立）扱いされて喜ぶイエズス会士なんかいるもんか、とぼくは皮肉をこめて切り返した。

――まあいいさ、いずれ成り行きは聞かせてやるからな、と彼は苦々しげに言った。

聞かされるだろうな、たしかに、とぼくは思った。

5

兄の計画の一部が実行に移されつつあるのは確かなようだった。というのは彼宛ての手紙が次々に舞い込み始めたし、この件について彼は妙に隠し立てするようになってきたからだ。だからといって探りを入れて兄に自慢顔をされるのは癪《しゃく》だからこちらからは何も聞かなかった。計画そのものについてはいずれ語るとして、今はわが家のキッチンで夕方になるとどんな話が交されていたか、その模様を伝えるにとどめる。例によってその話題にまとまりはない。

兄とぼくはテーブルに宿題をひろげている。ワーズワース、ユークリッド、キリスト教教義などなど若者に苦行を強いる難問なんぞくそくらえとひそかにののしりながら悪戦苦闘しているのだ。いつもの籐製肘掛け椅子にだらしなく坐るミスタ・コロッピーの鉄縁眼鏡は鼻先までずり落ちている。彼と向き合って安楽椅子に坐るクルト・ファールト神父は非常に背の高い痩せぎすの禁欲的な男で、髪は白髪混じりだが顎のあたりは青々としている。首はひどくほっそりしているので、彼がつけている神父用カラーには言ってみれば首二本を入れるだけのゆとりがある。かたわらの調理台の縁、この賢人たちの手の届くところに、グラスが一つ。ミスタ・コロッピーの椅子のそばの床には通称「クロック」、つまりずんぐりした陶製の壺が置いてある。両脇に取っ手がついているこの壺はキルベッガン酒造所特製で、ウィスキーのアイルランド語「イシケ・ビャハ」が前面に焼きつけてある(ラテン語「生命の水」の意に発するウィスキーのアイルランド表記はイシケ・ビャハほか数種ありウシケ・ビャハと聞こえることもあるが、この原文ではスコットランド・ゲール系の表記が用いられている)。この容器は当然のことながら不透明で、したがってその内容物については察知しがたい。ほとんど空なのか、あるいはかなり入っているのか確かめられないし、ミスタ・コロッピーがどれくらい飲んだのか見当がつけられないのだ。ミセス・クロッティの寝室のドアはいつもどおりごくわずかだが開けてある。

――いったいどうしたんです、ファーザー、と尋ねるミスタ・コロッピーの口調は少しいらついている。

――ああ、たいしたことじゃありません、コロッピー、とファールト神父が言った。

――でも、なんですか、そんなにこすったり、引っかいたり――

――こりゃ失礼。背中と胸にソルアイアシスがありましてね。

――なんです、そのソアなんとかってのは?

――ソルアイアシス(乾癬)、ちょっとした皮膚病。

——なんてこった、ソア・アイズって聞こえたから、てっきり目が痛むのかと思いましたよ。かさぶたとかそのてのもので困ってるってわけで？

——いや、それはちっとも。ちゃんと手当をしてますからな。クリサロビンなる成分を含む軟膏を用いとる。

——それで、このソアなんとかってのはむずむずイッチングな感じがするんですか？

ファールト神父はひっそりと笑った。

——時にはむしろ銅版腐刻エッチングという感じですかな、と彼はほほえむ。

——それにはうってつけのものがあります。硫黄ですよ。これはよく効きます。硫黄ってのはとびっきり最高の特効薬の一つでしてね。いえまったく、あたしの友人なんぞ自分の庭にさえ硫黄をたっぷり使ってるくらいですから。

ここでファールト神父は思わず体をかいた。

——この話題はもういいでしょう、と彼は言った。ささいなことですし、ありがたいことに別に重い症状でもありませんしね。ところであなた、あなたのほうはどんな具合です？

——どうもこうもありませんよ、とミスタ・コロッピーは興奮気味に応じた。まったくひどいもんだ、辛いばっかりで。

——いいですか、コロッピー、わたしたちは何のために生きているのでしょうね？　苦しむためなのですよ。苦しみを通してみずからを浄化する。苦しみはそのためにあるのです。

――いいでしょう、ファーザー、とミスタ・コロッピーは憤然として切り返した。あたしはね、いささかうんざりしてるんですよ。苦しみについてのあんたの持論は聞きあきた。どうやらあんたは苦しみが大いに気に入ってるらしい、それが他人の苦しみならね。自分の家でそんな目にあったらあんたどうします？

――修道院がわが家、わたしは修道院長の指示に従います。わが修道会は実質的には軍隊ですから、わたしたちはすべて指示通りに振舞うのです。

――グラスをこちらに、聖下。

――こんどは少な目に、コロッピー。

ここで束の間の沈黙。ぼくは頭を垂れ目を伏せていたけれど何やら不穏な気配を感じていた。

――ファーザー、とミスタ・コロッピーがとうとう口を切った。あんただって修道院のなかで同じような目にあったら頭にきて抑えがきかなくなるでしょうに。思いっきり自分をさらけだすことになる。院長にくたばっちまえと一喝するなり正面玄関から飛び出してスティーヴンズ・グリーン（ダブリン市中央部にある公園）あたりまでひとっぱしり。そしてあんたは口走る――なんたることだ、おお、ありとある聖人、聖者よ、お導きを、力を貸したまえ、とね。苦しみといえば、赤ん坊をこの世にもたらす女たちはたっぷり苦しんでると思いませんか？　彼女たちはなぜあんなことをするのか？　苦しみを通してみずからを浄化しようと躍起になってるとでもいうのだろうか？　とんでもない！　亭主のせいだ。男ってのは肉欲の火に燃えさかる大きな松明《たいまつ》なんだ！

――コロッピー、もういいでしょう、とファールト神父は穏やかに押しとどめた。でもそういう見方はまったく間違っています。子孫を作るのは結婚した男の権利であり、神の大いなる栄光に資する男としての義務なのです。婚姻の秘跡によって定められた務めなのです。

――そうですか、へえ、そういうもんですかね、とミスタ・コロッピーは声を張りあげた。そうやって新参者の哀れな木偶《でく》の坊をこの涙の谷間に引きずり込もうってわけですか、あんたの言う苦しみを与えるためにね、そういうことですか？　苦しんでる女と同じようにね。結構な話じゃないか、まったく！

――まあまあ、コロッピー。

――伺いますがね、ファーザー、女が子供を産むのは当然だとおっしゃるんで？

――聖職者の祝福を受けた婚姻であるならば――然り。まことに自然、きわめて望ましい。神の大いなる栄光を讃えつつ育児にいそしむのは聖なるわざなのです。お手持ちの教理問答集にもそう記されています。独身を誓った聖職者の境涯はまさに至純そのものでありますが、既婚男性の立場も卑しからざるものがあります。そしてもちろん慎しみのある既婚女性は主の侍女なのです。

――ごもっともなお話ですな、とミスタ・コロッピーは皮肉まじりに熱っぽく言った。じゃあ聞かせてもらいましょうか、小間使いとしてだけじゃなくってほかにも女の役割があって当然なんでしょうな？

――当然ですとも。わたしたちの身体は聖なる宮なのですから、それにふさわしい務めがあるのです（「汝らの身はその内にある、神より受けたる聖霊の宮にして」コリント前書六・一九）。

――まことに結構。その務めを多少なりとも禁圧しようとする動きがあるけれど、この手の嘆かわしくも無知な連中をどう思います？

――あれはですね、えーと、考えが足りないというところでしょう、とファールト神父は低く穏やかな声で言った。ちょっとした助言なりヒントなりが切っかけとなって、おそらくは……

――ちょっとしたヒントですって。ミスタ・コロッピーはかっとなって切り返した。それが切っかけになるですって！　なんてこった、わざとあたしを怒らせようってんですか、あたしの正気を失わせ錯乱させ哀れなふうてん野郎にしちまおうってつもりですかね。ちょっとしたヒントがあればですと、ばかばかしいったらありゃしない！　知らないわけじゃないでしょ、あたしが足を擦りへらすほどあの小汚い市庁に通って、あの連中に何か手を打つよう請願し通告し指示しつづけたってことを、あんたよく知ってるじゃありませんか。あの間抜け市長に送りつけたあたしの手紙の数々の写しをあんたに見せましたよね。とにかくあの男には好ましくない状況のすべてが伝わっているはずなんだ。で、どんな反応があったか？　ゼロ、皆無。市当局の役立たずどもから罵詈雑言を浴びせかけられただけ。

――こう考えたことはなかったのかな、コロッピー、もしかするとあなた駆け引きというか臨機応変の策に欠けていたのではありませんか？

――臨機応変ですと？　それが近頃はやりの手というわけか？　あんた、グラスをこちらへ。

無言のうちに手渡されたグラスに酒が満たされ、再び無言のまま神父に手渡される。やがてミスタ・コロッピーが勿体ぶった口調で切り出した。

――あたしが為さんとしているところはですな。苦しみを良しとするあんたの説について長大な論考を著し公表する、あたしはそうしたいと思っておるんです。苦しみについてあんたが知ってることなんぞ見当違いもいいところだ。経験のない連中にかぎって利いた風な理屈をこねるもんでね。あんたは神学校で教わったことを吐き戻しているだけなんだ。「汝は額に汗して嘆き悲しむべし」とかね。ああ、ご立派なカトリック教会はいつだって苦しむ人たちを褒めそやす。

――せっかくだけれど、コロッピー、今あなたが引用した文句は間違っていますぞ（「汝は面に汗して食物を食ひ終に土に帰らん」創世記三・一九）。

――まあいいでしょう、このあたしは助祭とか聖書学者とか何とかっていうわけじゃないんでしてね。クエーカー教徒やプロテスタントにしたってこのてのたわごとを口走ったりしませんや。彼らは使用人たちを適切に扱っていて宿泊設備もきちんと整えてやっている。それにまともな金もうけのすべを心得ている。しかも彼らはひとりのこらず信心深い人たちなんですからね。

――御大層なイエズス会士やローマ教皇と同じくらい敬虔な人たちなんですからね。

――わたしの教団の謙虚な会士たちはともかくとして教皇聖下についてはこの議論からはずそうではありませんか、とファールト神父は敬虔な口調で言った。

出し抜けに彼は激しく体を引っかく。

――〈謙虚な〉とあんたは言った、あたしの聞き間違いじゃないでしょうね、ファーザー？ 謙虚なイエズス会士なんてものは尻尾のない犬同然、下ばきも着けない女みたいなもんじゃないですか。スペインの異端審問のことは御存知でしょうな。

――知ってますとも、もちろん。ファールト神父は動じる気配もなく応じた。スペインでは信仰が危機に瀕していたのです。不都合な風が吹いてローソクの焔が消えそうになったら手でかこって風から守らねばなりません。手のかわりに厚紙のようなものでもよろしいでしょう。

——厚紙ですと？　小馬鹿にした口調でミスタ・コロッピーはおうむ返しに言った。血にまみれた下種なドミニコ会士どもがスペインで使った厚紙なんぞ糞くらえだ。

——わたし自身が属する修道会はマドリッドの大審問官に抑えられていたのです、とファールト神父は静かに言った。それも致し方ないことでした。

——それは如何なものでしょうかね、ファーザー？　あんた自身が属している修道会は例の修道士の衣裳をつけた粗暴な無頼漢の為すがままになっていた。それなのにあんたはモルトウィスキーのグラスを手にしてそこに腰を据えたまま〈致し方ないことでした〉とか言ってすましている。いやはやあんたって人はまったく謙虚で慎しみのあるお方ですなあ。

——わたしの真意はこういうことなのです、コロッピー、つまり容易ならぬ悪を一掃しようとするに当ってわたしたちは時として苦しみに耐えなければならない、わたしはただそう言いたかっただけなのです。

——そうでしょうとも、ファーザー、苦しみに耐えるはすばらしきことなりというわけでしょうからね。

——楽しくはないにしても為になることではあります。

——あんたは何を聞かれても抜け目のない応答をなさる。ではこんな場合はどうですかね。〈純正なる教義の存在を信ずるや？〉〈否〉〈しからば鞭打ち八百回の刑〉。もしこれがローマカトリック教会の仕打ちだとしたら宗教改革の動きがあったのはむしろ当然だ、そう思いませんか？　マルティン・ルターのために万歳三唱！　これもよしと思えないでしょうか？

ファールト神父は愕然とした。

——コロッピー、いいですか、あなたは純正なる信仰団体の一員なのですよ。そのあなたが今のような話をなさるとは恥ずべきことです。

——純正なる信仰団体？　このあたしがその一員？　市長はじめ市庁舎のならず者たちはどうなんです？　考えてもごらんなさい、あの連中が何をしているか——不幸な女たちを死ぬほど痛め付けてるじゃありませんか。

——まあその話はよしにしましょう。

——命が果てるその日まで、あたしはこの件にこだわりつづけますぞ。いきりたつミスタ・コロッピーは語気鋭く言い返した。良心に従って真実を語れば鞭打ち八百回の刑ってことですかね？　なんてこった、それどころじゃないんだ——スペインの聖なる修道士は純正なる教義を広めると称して不幸なユダヤ人たちの体に赤熱した釘を打ち込んだじゃないか。

——そんなばかな。

——さらには彼らの睾丸に熱湯を注ぎかけた。

——誇張の度が過ぎますぞ、コロッピー。

——そのあげく有刺鉄線のたぐいを尻の、ほらあそこにぶち込んだ。あんたがたイエズス会士の標語を使えば、どれもこれもA・M・D・G、〈神のより大いなる栄光のために〉ってわけでしょ、ファーザー。

——まあまあコロッピー、あなたの分別はどうしたのです、とファールト神父は悲しげな声で彼をたしなめた。いったいあなたはどんなものを読んでこんな忌まわしい馬鹿げたことを知ったのでしょうねえ。

——ファーザー・ファールト、とミスタ・コロッピーは熱っぽく問いかけた。あんたは宗教改革に反感を抱いている。あたしにしてもあれに対して特に好感を持っているわけではない。しかしあの運動を誘い起こしたのはスペインの無頼漢をはじめとする同類たちなんだ。彼らはまともな人たちを異端の徒ときめつけ、矯正策と称して異教徒なみの扱いをした。それだけじゃない。なにしろ自前の護衛集団を抱え教皇領をほしいままにするいかがわしい教皇が少なからずいて、公爵夫人やら修道女たちをはらませてはイタリア全土に私生児をばらまいたんだからな。彼らはもっぱら奸計、陰謀に精出して数知れぬほどの異国の王の宮廷に腐敗、退廃を持ち込んだ。事実そういうことじゃないですか?

——事実ではない、コロッピー。宗教改革は教義上の反乱であった。疑う余地なくあれはサタンに触発された反乱であって、教皇による教会統治に付随してまれには見られたかもしれない不十分な点とは何の関係もないことだったのです。

――やれやれ、よくまあそんなことが言えますね、とミスタ・コロッピーは皮肉たっぷりに言った。

――ええ、言えますとも。わたしはどんな人をも嫌ったりしません、ルターでさえも憎んではいないのです。確かに彼の聖書翻訳が事実上わたし自身の母国語、麗わしきドイツ語の創出に資するところ多大であった。その功績は認めざるをえません。しかしながら彼は悪魔に取りつかれていたのです。彼は異端者でした。異端の指導者と言うべきでしょう。そして彼が一五四五年に死んだとき――

――あの、ファーザー・ファールト、ちょっと。

驚いたことにこのとき兄が不意に口を出した。彼は大人たちの激烈な対話に好奇心をむき出しにして聞き入っていたようだったけれど、まさかそれに口をさしはさむなんてとんでもないことをするとは到底考えられなかったのだ。不意をつかれたミスタ・コロッピーとファールト神父はぎくっと振りむきざま彼を見据えた。

――なんだね？　とファールト神父は言った。

――ルターが死んだのは一五四五年じゃありません。一五四六年です。

――いやまあなるほど、そうかもしれませんな、とファールト神父は如才なく言った。おそらくきみの言うとおりなのでしょう。ああ、わたしはもともと数字に弱いほうでしてね。なるほど、コロッピー、あなたの家族にはひとかどの神学者がいるようですな。

――歴史家です、と兄が言い直した。

――その訂正はあたしが修正しよう、とミスタ・コロッピーは皮肉っぽく話に割り込んできた。勉強にひたすら打ち込もうとしない洒落臭いちんぴら、この子はまあそんなところですかな。ファーザー、そのグラスをこちらに。

また二人の話がとぎれ、兄もまたわざとらしいくらいの熱心さで勉強に取りかかる。たっぷり時間をかけて喉を潤したミスタ・コロッピーは椅子にゆったり体を沈み込ませ深々と吐息をついた。

――ファーザー・ファールト、あたしはこう思うんですがね、としばらく間を置いて彼は切り出した。どうやらあたしたちは時間を無駄にしているようだ、言いつのっては相手をいらつかせるばっかりで。このての問題はとうの昔に論じ尽されていたじゃないですか。お互いどちらにしてもまるっきり学者相手に論争するわれらが救い主って気分ですよね。この際まず問題にすべきは次の点です、すなわち、われわれは如何なる行動を起こしうるか？　為しうることは何であるのか？

――なるほど、コロッピー、いかにもこの場にふさわしい問題提起ですね。何を為しうるかとはまことにもっともな問いかけですし、身近できわめて論じ易い。

――為スニキワメテ易キコト、ですかな。

――大衆集会なるものについてあなた考えたことはおありかな？

――ええ、ありますとも、何回もね、とミスタ・コロッピーは少し沈んだ声で言った。あたしなりにじっくり考え、十分に検討しましたがね。ありゃ駄目ですよ。なぜ駄目かっていうと、集まってくるのは男だけですからね。まともな御婦人方はたったの一人も姿を見せません。知ってますか、あのあたりをうろついてるのは売春婦だけなんです。男たちにしたっていいところなしでしてね。彼らときたらたとえ女たちが町なかでばたばた死にそうになっていてもこれっぱかりも気にしないような連中ですからね。彼らにとって女の扱い方は二通りしかないんですよ、ファーザー、つまり、ベッドに引っぱり込むか殴りとばすか、そのどっちかでしてね。先頃ゲール語同盟（一八九三年創設の愛国的文化運動）が結成されたけれど、あたしもはじめのうちはその主張に賛成し支持しようという気になっていた。でも残念ながら今ではあの運動推進者たちときたら愚者の群れにすぎないと思えてならないんだ。この国の危機的状況の本当のところがあの連中には分かっていない。彼らはこういうあたしのことを卑劣、卑猥な中年男と早とちりしてダブリン市警に通報しかねないんだからな。

――うーむ。

ファールト神父は眉をひそめて考え込む。

――ダブリン城（一九二一年アイルランド自由国が設立されるまでの英国治下のアイルランド政庁）に働きかけてみたらどうでしょうね？あそこの人たちなら間違いなく市庁に圧力をかけられるでしょう。

——そしてあたしは間違いなく刑務所入りってことに？　あたしゃそれほどの大馬鹿者じゃありませんや。

——ああ！　わたしは政治にうといほうなので。

——あたしにしたって政治がらみの事情に明るいわけじゃありません。でもダブリン城に巣くうごろつきたちはアイルランド人をとっつかまえちゃ反逆罪で告発する、それもそいつのズボンがちょっとばかりだぶだぶだとか髭をそり忘れてるとかってだけで逮捕するんだ。ああそうだ、ひとついい手を思いついたぞ……

——どんな、コロッピー？

——この恥ずべき現状を説教壇から公然と非難するというのはどうです？

——おお……なんとまあ。

ファールト神父は冷ややかに笑った、低く歌うような調子だった。

——いいですか、コロッピー、教会にとって最も大切な関心事は信仰と道徳にかかわる事柄なのです。信仰および道徳は日常生活のきわめて広範な局面に関係しています。とはいえあなたが指摘しておられる特定の問題は教会の妥当なる関心事の限界をはるかに超えているのです。説教壇からそのような話題を持ち出すなどまず考えられません。おそらく物議をかもすことになるでしょう。かりにわたしが手始めに修道会付属校でこの種の問題を講じたりしたら、大司教閣下はもちろんのこと修道院長がなんとおっしゃるか、分かりきっているではありませんか。

——でも、あの、それにしても——

——まあまあ、コロッピー、いい加減になさい。教会の言葉、それは最終的なものなのです。

——いやはや、そういうことなんでしょうな、おそらく、とうんざりあきらめ顔のミスタ・コロッピーは言った。教会の皆さんはその日その日の苦労や悩みごとに追われている人たちからひどく遠いところにいらっしゃるわけだ。刑罰法が押しつけられていた頃はそんなじゃなかった（一六九一年のリメリック条約によってアイルランドにおけるプロテスタントの優位が確定してからカトリックには多くの規制が課せられ、政治参加および土地所有に関する差別的な立法、いわゆる刑罰法がつぎつぎに施行され、それは一八二九年カトリック解放令に至るまで続いた）。あの頃は日曜日の朝になるとパディ・ワック（アイルランド人を表す俗称）が小高い土手の上でイギリス兵に備えて見張りに立ち、その下ではぼろを纏った貧農たちが呪文を唱えるかのようにアイルランド語で天使祝詞アベ・マリアを唱和していたそうだ。このところひどくお高くとまるようになってらっしゃるみたいですな、ファーザー、あんたもあんたの教会の皆さんがたも。

——教会法というものがあるのですよ、コロッピー。

——この国は法やら掟やらでがんじがらめになっている。あたしはいっそフリーメイソン（石工組合を母体として結成された秘密結社。理想社会の実現を目ざして世界平和と人類愛を唱える）の仲間入りをしようとさえ考えたことがある。

——それは望ましくありませんね。どのような形にせよあの種の人たちと関係を持つのは罪深いことなのです。彼らは聖霊を軽蔑しているのですよ。

——あの人たちが市長をはじめとする市役所の連中みたいに女性を軽蔑しているとは思えませんがね。

——あなたがまだ試みていない改善策が一つある、コロッピー、それは確かです。

——あるのは確かでしょうとも。おそらく何千もね。でも、そのいの一番の方策ってのはいったい何です？

——イノリ。

——イの何ですって？

——祈り。

——いのり？　なるほど。まあいろいろやってみるにしても、ただ祈るってだけじゃどんなものですかな。そりゃ確かにあんたに言わせれば祈りは山をも動かすってことなんでしょうが、こちらとしては山を動かそうなんて大それた考えはないんだ。あたしがやりたいと思ってるのはせいぜいあの市長の足許に爆弾を仕掛けられたらってことぐらいでしてね。実のところまえから暖めているアイデアがあるんです。われながらかなり無理な話だと思うし、うまくいったらまったくのめっけ物なんですがねえ。そのためにはまず有力なコネが必要だ……上層部の言質《げんち》……巧みな駆け引きと策略……ひょっとして大司教から支持する旨のひとことが貰えたら言うことなし。まったくのところこのアイデアは目下の恐るべき難題のすべてに対する完璧にして決定的解決策たりうるかもしれない。これがうまくいったら感謝のしるしとしてあたしはジャルグ湖（ドニゴール州にあり、湖上「聖人島」の「聖パトリック聖堂」は巡礼地）巡礼に旅立つつもりなんですよ。

——そうまで言うのだから、コロッピー、あなたは奇跡を起こそうと願っているに違いない、と言ってファールト神父はほほえんだ。ところでどんなアイデアを暖めているのです？

——電車、ファーザー。市街電車ですよ。この町には何本の路線があるんだったかな、まあ、八本というところか。それぞれの路線に一台ずつ、往復で二台、全部で十六台準備すれば足りる。古い車輛を修復、改装すればそれで結構。

——まさか本気じゃないでしょう、コロッピー？　本気で電車を？

——そう、電車。とにかく目立つようにするのが肝心、できれば黒いペンキですっかり塗りつぶす。車輛前部と後部に掲示板を一枚ずつ——そこに記すのはただ一行〈女性専用〉。おわかりかな。男がもぐり込もうとしてもてんから相手にされっこない。

——やれやれ、少なくとも斬新なアイデアではありますな。乗車賃のほうはどうなっているので？

——まあ差し当っておそらく一ペニーということになるでしょうよ。最初から無料といきたいところだけれど、それは現実的じゃない、高望みというものでしてね。でも運行がいったん軌道に乗ってしまえば、人道的見地からして一ペニーの乗車料金廃絶運動の気運が高まること必定なんだ。

——なるほどね。

——この件についてはじっくり考えてもらいたいもんですな、ファーザー。たとえばここに一組の紳士淑女がいて、町を歩いているうちにフィーニックス・パークを散策したいと思い立ったとする。よくあることですな。でもあそこまで歩いて行くわけにはいかない。二人は停留所で電車を待つ。おお、見てみよ、やってくるのは黒塗り電車ではないか。淑女はすらり乗り込み、ひとりさっさと去って行く。しかもこの件の絶妙なる美点は次のとおり、すなわち、復路は普通電車を利用して彼女はひたすら待ちわびる紳士とめでたく再会するのである。お分かりか？

——ええ、まあ分かるような気がしないわけではありませんが。

——ああ、ファーザー、あんたには分かってない、あたしにとってこの厳しい目標達成がどれほど切実な願いであるか、お分かりじゃない。この試みが立派な成果をあげ、めでたく有終の美を飾りえたとき、あたしの心はどれほど安らぐことだろう。良識ある者は女性を大事にし労《いたわ》るべきである——そうじゃないですか？　なにしろ弱き性といわれてますからな。神はあんたやあたしを造られたのと同じように女性を造られたのではないか、どうです、ファーザー？

——そうですとも、たしかに。

——ではなにゆえにわれわれは彼女たちを公正に遇しないのであるか？　つまり、その、あんたにしろあたしにしろすんなりパブに入れるけれど、女となると——

——失礼ながらそれはどうでしょうか、コロッピー。わたしたちはパブリック・ハウスに足を踏み入れるのを認められておりません。あなたにしてもパブリック・ハウスで神父の姿を見かけたことなど決してなかったはずです。

——ええと、とにかくこのあたしは何の気兼ねもなくパブに入りびたれるし、実際しばしばそうしている。

——やれやれ、コロッピー、あなたという人はなんにつけても豊かなアイデアをお持ちのようですな。おや、もうこんな時間なんですね。そろそろおいとましなければ。

——そうですか。ぜひまたどうぞ。あたしの話、よく考えておいてください。帰る前に軽く一杯いかがです？

——もうほんとうに結構、コロッピー。じゃあ子供たち、さようなら、しっかり勉強しなさいよ。

二人声を合わせて——

——おやすみなさい。ファーザー・ファールト。

ミスタ・コロッピーに付き添われた彼は勿体ぶって粛々と出て行った。

6

どんよりした秋の夕暮れだった。この空模様なら近くの運河でローチ（コイ科の淡水魚）釣りをするのもいいだろうと思い立った。ぼくの釣竿はお粗末なものだけれど、釣針は特製で寝室の引き出しにしまいこんである。釣竿を手にしたぼくは釣針を取りに二階へ行った。驚いたことに六ペンス郵便為替と兄宛ての封筒が引き出し一杯に散らばっている。しかも兄の肩書きが「ジェネラル・ジオラマ・ジムナジウム管理責任者」となっているではないか。この奇妙なしろものには手をつけず、釣針を取り出して運河に向かった。おそらく餌が悪かったのだろう、いっぴきも釣れなかったので一時間ほどして家に戻ると、兄は寝室にいて小さなテーブルで何やらせっせと書きものをしていた。

――ローチ釣りに出ていたんだけど、とぼくは声をかけた。そこの引き出しの釣針が必要だったんだ。あの、そこんとこ六ペンス郵便為替で一杯なんだね。

――一杯ってわけじゃない、と彼はにっこりした。二十八枚あるだけさ。でも内証だぜ、これは。

——二十八っていうと十四シリングってことだね（一シリングは十二ペンス）。

——そうとも。これからもっとたんまり入るはずだ。

——ジェネラル・ジオラマ・ジムナジウムって何のこと？

——さしあたりぼくの肩書き用ってところだな。

——ジオラマって？

——こんな易しい英語も知らないとなると、シング・ストリートの先生たちもおまえの教育についちゃさぞ手こずるだろうな。ジオラマってのはだな、地球を表わす球体のことだ（ジオラマは大円球の内側面に自然界の景色を描いて中心部から眺めるように仕組んだ一種のパノラマ）。学校なんかによくあるようなやつさ。この言葉はジェネラル・ジムナジウムとうまく響き合うじゃないか。だから間に入れたんだ、三つ揃ってGGG。

——それでこのたくさんの郵便為替はどこから届いたの？

——あちら側（アイルランド俗語でイギリスを指す）から。あっちの新聞の一つに綱渡り教授というちっちゃな広告を出したんだ。

——なんてこった、ジェネラル・ジオラマ・ジムナジウムっていうのはそのためだったの？

——そうとも。それになんてったってこいつは講習料がとびっきり安いんだ。なにしろ綱渡りをやってのけていいところを見せようってのはごまんといるからな。なかには欲得ずくのやつもいるだろう。どこかの大きなサーカスに入って手っとり早く楽な金もうけをしようなんて思ってる連中さ。

——で、そういう人たちに郵便で教えるってわけ？

——まあそうだな。

——そんな人たちの誰かが落ちて死んだりしたらどうなるんだろう？

——偶発事故死、そういうことで処理されるだろうな、たぶん。でも事故なんてまず起こりっこないんだ。高く張った綱の上に立つガッツのあるやつなんてめったにいるもんじゃないからな。子供がやると言い出したら親が止めるにきまってる。年寄りがその気になったってリューマチのせいで運動神経ゼロ、筋肉なんかぐにゃぐにゃだから、どだい無理な話なんだ。

——この人たちを相手に通信教育講座を開こうってつもりなの？

——いや。彼らは四ページの講義録を受け取ることになる。値段は六ペンス。安いもんだ。タバコ一箱にマッチ箱ひとつ合わせてもそのくらいはするじゃないか。それに綱渡りのことをあれこれ考えるすてきなスリルにくらべたらタバコの楽しみなんて問題にもならんだろうよ。

——それってなんだかインチキくさいな。

——くだらん。ぼくはただの書籍販売係にすぎないのだ。貴重かつ有益なる講義録の著者はかのプロフェッサー・ラティマー・ドッズ。彼はこの件に付随する危険についても言及し注意を促している。

——プロフェッサー・ラティマー・ドッズって何者なの？

——引退した空中ぶらんこ乗りにして綱渡り名人。

——そんな人のこと聞いたこともないな。

——まあとにかくこの講義録に目を通してみろよ。申し込んできたお客さんたちに郵送しようと準備しているところなのだ。

手渡された二つ折りの印刷物をポケットに入れ、あとで読ませてもらうけどミスタ・コロッピーには見つからないよう気をつけるよ、と言った。手作りの見栄えがしない講義録なるものに対するぼくの反応を兄に気づかれたくなかったのだ。なにしろぼくは吹き出しそうになるのをやっとのことでこらえていたのだから。階段を降りるとミスタ・コロッピーは外出しており、アニーは寝室にいてミセス・クロッティとなにやらひそひそ話をしている。ガス灯をつけるとぼくの目に兄の言う綱渡り術即席教本が飛び込んできた。表紙にはど派手な文句が踊っている——「綱渡り——高張り綱——自然の理への挑戦——背筋も凍る離れ技、スポーツ好きの観衆一同喫驚仰天《びっくりぎようてん》——プロフェッサー・H・Q・ラティマー・ドッズ著」

少し間をあけてジムナジウムの名称とわが家の住所が記されている。兄の名前はない。「管理責任者の助言を求める際は必ず予約されたし」という注意書きが添えられている。これは大変だ、誰か見知らぬ人が訪ねてきてミスタ・コロッピーにジムナジウムの責任者との面会の手筈を整えて頂けまいかと頼むようなことにでもなったらどうなるか、考えただけでぞっとした。

表紙をめくるとまず序言と銘打った文章がある。次に引用するとしよう。

可鍛性線状金属、すなわちワイヤ上の二点間往復歩行は四肢ならびに各種器官のみならず背部さらには窮極の生命それ自体を深甚なる危険にさらす恐れなしと主張するが如きは愚かしさの極みと断ずべきであろう。然るが故に敢えて次の点を読者諸氏に切望する、すなわち、大いなる危険を回避せんがためすべてに優先して読者は高度の技量を誇る内科医あるいは外科医による透徹せる精査を否応無しに受けられるよう要請する次第である。何故ならば解剖学的検証の必要なるは言を俟たぬところであり、かてて加えて聴覚器内平衡感覚維持内耳装置における溢血によって惹起されるところの眩惑あるいはメニエール症候群の徴候ありとするならば深刻なる眼球振盪症および歩行不安定を誘発するやもしれぬからである。眩暈《げんうん》すなわち目まいが胃液分泌異常に由来すると疑われる際にはカリウム、アセトアニリド、ブロムフェニラミン、抱水クロラールなど中枢神経抑制剤を服用しその効能に期待すべきであろう。内耳迷路は多数の膜性迷路管から成るがそれは内耳腔内分泌液に浸入し、哺乳動物においては内耳蝸牛殻に接合する。内耳の膜性迷路は球形嚢ならびに卵形嚢なる二つの小嚢およびその部位に開口部を有する三個の半規管すなわち三半規管から成る。内耳迷路に備わる神経線維の末端に認めらるる毛筋状突起を有する数多くの細胞組織は適宜収束して球形嚢および卵形嚢内の耳石器官ならびに三半規管弓形隆起部を形成する。耳石器官内部の毛筋状突起は炭酸カルシウム含有ゼラチン状物質に嵌入している。この深遠にして精緻なる装置は、ホモ・サピエンスに関して言うならば、直立体勢維持確保の達成を所期の目的とするものであって、これは眼下はるかに地表を見おろす高所に張り渡したるワイヤ上で宙を歩む行為者にとって極めて望ましきところなのである。

この種の文章をまともに読みこなすには少なからぬ集中力が必要なんだと思い知らされた。なにがなんだかぼくにはさっぱり分からないし、兄の「お客さんたち」にしたって分かりっこないのはぜったい確かにきまってる。

綱渡り指導の本文は味気ないくらいまっとうなものだった。おそらくは兄自身の経験がそうさせたのだろうが（と言うのも疑いもなく彼こそがプロフェッサー・ラティマー・ドッズその人なのだ）、初心者用実習場所として寝室が好適なりとしてある。まず寝台二つに結びつけたワイヤを床上一フートの高さに張り渡す。それぞれの寝台は「セメント袋、石材、鉄製金庫などの重量物によって」ずしり重みをつけておかねばならない。綱渡り初心者がいざ実践に取り掛かろうとするに際しては、二つの寝台架は然るべき間隔を保つよう「友人たち」の力を借りて引きずり離す。そうすることによってワイヤはたわみなくぴんと張りつめるのである。「寝台の重量がワイヤ上の行為者の体重を支えるに不十分なりと判明したる場合、友人たちは寝台上に端座あるいは横臥すべきものとする」。実習第二段階においては場所を「果樹園」に移す。ワイヤは隣接せる頑丈な果樹二本に固定するがよい。その地表からの高さは時とともに漸増を試みるのが望ましい。日々のたゆまぬ練習の必要性が強調され、(事故がない限り)三か月をもってすれば好結果が期待されるはずである。応用栄養学的指示がなされ、アルコールとタバコは厳禁とのことである。さらに結びとして次のような付言が記されている、すなわち、奮励努力の甲斐もなく綱渡り術習得達成の見込み皆無と判明した場合といえども当該実習者はとにもかくにも右に述べた三か月終了時に健康ならびに精神の両面において多大なる改善を自覚しうるであろう。

ぼくはあわててこの論文をポケットに突っ込んだ。横の出入口から入ってくるミスタ・コロッピーの足音が聞こえたのだ。彼はドアのフックにコートを掛け、調理台わきの椅子に腰をおろした。

——下水のことで誰か来なかったか？　と彼は言った。

——下水？　来なかったようだよ。

——そうか、明日は来てくれるだろう。庭のほうに新しく下水管を引いてくれるはずなんだが、まあいいか。いい男でね、コーレスっていうんだ。若い頃はハンドボールの名選手だった。おまえの兄さんはどこ？

——二階。

——二階だと、なんてこった！　二階で何してる？　寝てるのか？

——いや。書きものをしてるらしいよ。

——書いてる？　いやはや、まったく。聖人と学者の島ってわけか（ジェイムズ・ジョイスに「アイルランド、聖人と賢者の島」「一九〇七」と題するエッセイがある）。お二階でガス灯つけてお書きものとはね。書きものしたければここに降りてきてやればいい、おまえそう言ってこい。

アニーが奥の部屋から出てきた。

——ミセス・クロッティが会いたいそうよ。

——ああ、わかった。

ぼくは二階に行って兄に用心したほうがいいと告げた。顔をしかめた兄はうなずくとすぐに郵送できるよう切手が貼ってある封筒の束をコートの下に押し込み、ガス灯を消した。

7

　それから何か月も経ったけれども、わが家のキッチンの雰囲気に変化はほとんどない。ぼくと兄はテーブルで学問の網を織りなしているし、ミスタ・コロッピーとファールト神父はウィスキー壺、グラス、それに水差しをかたわらにしてゆったりくつろいでいる。

　だいぶ前にやってきた配管工コーレスは裏庭を掘り返し、いろいろとわけのわからない作業をやって帰って行った。裏庭だけでなくミセス・クロッティの寝室でも仕事をしていたようだ。雑多な長さの木材が前以てミスタ・コロッピー宛てに配達されていた。こういったことはたいてい兄とぼくが学校に行っている留守に行われていた。アニーから聞いた話だと奥の部屋から聞こえてくる金槌の音やらなにやら工事中の騒々しさは「ひどく神経を苛立たせる」そうだ。無関心を装うか、そつなく振舞うか、あるいは安全第一主義をとるか、いずれにしても兄とぼくはそこで何が行われているのか尋ねないし、ちょっとした好奇心も示さないことにした。「棺桶造りをしてるのかもしれないな」と兄は言った。「そりゃもちろんとても宗教的なお務めなんだ。こういう微妙な問題については誰でもひどく神経質になるからな。いらぬ口出しは無用だ」

くつろいでいたミスタ・コロッピーが不意に小さく驚きの声を洩らした。

――一服しますよ、コロッピー。ほんの一服ふかすだけ。

――それにしてもいったいいつから？

――二週間前から。

――なるほど……気に入ってるというならあたしとしては何も言いませんがね。でも悪い習慣だと思いますよ、それは。嘆かわしい悪癖だ。胃に悪いんじゃないかな、たしか。

――おっしゃるとおりかもしれませんね、とファールト神父は穏やかに応じた。何事もそうだと思いますけれど、適度にたしなむぶんには害はないようです。わたしは度を越してのめりこんだりしませんから……

と言いさした彼は耐えきれなくなったのかだしぬけに背中を引っかいた。

――それでなくてもわたしには耐え忍ぶべき苦労があるのですよ、わたしなりの十字架を背負っているのですから。それなのにこのあいだ診てもらった医者に言わせるとわたしの精神状態はいささか取り留めのない徴候を示しているらしい。わが修道会においてこれはひどくまずいことなのです。おそらく仕事のしすぎであろうと修道院長はおっしゃってくださった。服薬はごめんこうむりたいと言うと例の医者は有効な鎮静剤として適量の喫煙をすすめてくれましてね。そういう御当人も愛煙家なんですよ。最初の一週間は一服つけるのも難行苦行でした。でも今は結構なものになりましてね。さあこれでやっと頭が働く。

——効き目のほどはじっくり拝見するとして、そう、そうだな、胃によかろうが悪かろうがあたしもあんたみたいにやってみるかな。言うまでもないことだけれど、あたしにだって悩み事はある……いろいろとごたごたがあるんですよ。仕事の運びがなにかとうまく行かなくってね。

——うまく行きますとも、コロッピー、あなたの粘り強さは人並じゃないのですから。英雄的に不屈の人なんだ、あなたは。人類の歩む途を地ならしせんと志す人は容易に屈するはずがないのです。

——まあ、そうだといいんだけれど。あんたのグラスをこちらにどうぞ。

聖餐式を思わせる敬虔さと厳密さを以て新たに酒が注がれた。

——妙な話ですな、とファールト神父は深い思いをこめて言った。わたしのような立場にある者はそのように困難な問題に繰り返し繰り返し取り組み解決しなければならない、しかも決定的な解決に近づくことは決してないと知ることになるのですから。来週わたしはキニガッドで催される静修（多く修道院などにこもって行う宗教的修行）で説教を行う予定になっています。それに続いてキルベッガンとタラモーでも。

――へえー！　キルベッガンで？　このウィスキー壺はあそこの特産なんだ、もっとも中味は百回も詰め替えたし、同じく百回も空にしてきましたがね。

――説教の主題をきめたいのですが、適当なのがなかなか思いつかなくて。ありきたりの地獄の説教なんかでは物足りないし。

うなずいたミスタ・コロッピーはしばらく物思いにふけっていたが、やがて苛立たしげに口を切った。

――ファーザー、あんたがたイエズス会士はいつだって何やら現実離れした事柄をとりあげては手の込んだ神学的問題について論じあっている。まるっきりアクィナス気取りなんだ。でもまず十戒というものがあるでしょうに。デカローグとも言われてるあの十頃目の律法ですよ。

――ああ、聖トマスのことですね。たしかに『神学大全』（スコラ哲学と神学に関するトマス・アクィナスの著作）にはあなたの言うデカローグについて多くの興味ある論及がなされています。ドゥンス・スコトゥスやニコラウス・ド・リラとともにいずれも紛れもない知の宝庫と申せましょう。

――あたしが言いたいのはですね、神がモーセに託された十戒をこの国の人びとは何故守っていないのか、という点なんだ。「汝の父母を敬《うやま》へ」（旧約聖書「出エジプト記」二〇・一二）。今どきの若者ときたら親父はルンペン、おふくろは下女って思ってる。これでいいんですかね？

ここで兄は咳払いした。

——いえ、いいことではありません、とファールト神父が言った。

彼もここで咳をしたけれど、これはどうやらタバコのせいらしい。

——若い人たちは少しばかり考えが足りないだけだと思いますよ。コロッピー、あなただって若い頃には無茶をしてたでしょうに。

——ええまあたしかに。ファーザー、きっとあんたにそう言われると思ってましたよ。おまけにあたしが隣の家の妻君に手を出したとでも言いたいんじゃないですか？（「汝その隣人の家を貪るなかれ又汝の隣人の妻……を貪るなかれ」「出エジプト記」二〇・一七）

——まさか、コロッピー、いくらあなただって若い頃にはそんなことを。

——なんですって！　ということは一人前になってからのあたしならやりかねないと
——

——とんでもない、コロッピー、冗談、ほんの冗談なんですよ。

——まあいいでしょう。でもね、聖職にある人が十戒をねたにして冗談口を叩くのは如何なもんですかね。夫のある御婦人に手出しなんぞしませんよ、あたしは絶対に。あたしが関係している委員会には既婚女性が二人いますけれどね。二人とも立派な、まことにまじめな御婦人です。

——おっしゃるまでもありません。わかってますとも。

——あんたこれからキニガッドに行くって言ってましたね。あそこのどうしようもない連中を縮みあがらせようってわけですか。あの町にも何軒かパブがある。これもまたおなじみの「汝盗むなかれ」（「出エジプト記」二〇・一五）についてはどう思います？

――ないがしろにされること多き戒め。

――あそこのパブをやっている下種な連中はダブリンの同類なみに根っからの盗人《ぬすっと》だ。ウィスキーを水で薄めたうえに分量をごまかす。ビーフ・サンドイッチを注文したって、そのビーフときたら前の日曜日にローストしたやつの残りから薄のろ下女がよごれた手で切り分けたしろものなんだ。なにしろあの連中のなかには何週間も体を洗わないのがいるんだから。いえ、ほんとですよ。こういった女たちがよくミサに出そこなうのはどうしてだか御存知かな？　ミサに出席するにはまず体を洗わなきゃならんし、ストッキングの穴を繕う必要もあるんですよ。

――例によってあなたは針小棒大の物言いをなさる。

――つまりは虚偽の申し立てをする証人ってわけですかね。この町の住人には口を開けば必ず嘘、偽り、それに毒舌、中傷がどっとばかりに溢れ出す手合いがいるんです。なにしろ彼らはうまく熟したリンゴをかじるよりうまくでっちあげられた醜聞を聞きかじるほうがずっと気に入ってましてね。

――そう、人の口に戸は立てられずと言いますからね。

――さて次にくるのは姦淫ですか？（「汝姦淫するなかれ」「出エジプト記」二〇・一四）なんてこった！　あたしには関

係ない話だ。

――わかってますとも、コロッピー、あなたは御婦人に献身的な方だ。それはいいとして残念ながら相手がすべて天使であるとは限りませんよ。時には誘惑する女に出くわすこともありますからな。さきほどあなたは熟したリンゴをかじるということをおっしゃった。ほらね、エデンの園の例もあるじゃないですか。

――うっはー！　アダムはとんだ愚か者だった。言ってみりゃしょぼくれたぐうたらだったのさ。そのくせ誰のことも気にしない、全能の神のことさえも気にかけなかったやつなんだ。ルシファーの小型版というところかな。いっそあの売春婦なみの妻君に地獄へ行けとでも言えばよかったんだ。

――あの、ファーザー・ファールト、ちょっと。

ぼくの心臓、鋭敏な受信器である心臓が突然の不安をぴくんと記録した。兄だ。兄がまた大人たちの話に口をさしはさんだのだ。彼らはぎくっと振りむきざま兄を見据えた。ミスタ・コロッピーはひどく渋い顔をしている。

――なんだね、メイナス？

――エデンの園に住んでいたアダムの妻はエバです。彼女は息子二人、カインとアベルの母親です。カインはアベルを殺したのちにエノクという名の息子の父となります（「創世記」四・一七）。カインの妻は何者なんですか、その名前は？

——さよう、とファールト神父は言った。それはこれまでも議論されてきた点でね。

——たとえばエバに娘がいて名前が記されていないだけだとしても、それはカインの妹ということになりますよね。エバに娘がいなかったとしたら、カインは実の母親と結婚したということになってしまう。どちらにしても近親相姦というおぞましい関係のように思えるんだけど。

——なんとまあ小生意気な、おまえとんでもないことを口走って聖書にけちをつけようってつもりなのか？　とミスタ・コロッピーがわめいた。

——ぼくはただ教えてもらいたいだけなんだ、と兄はひるむ気配もない。

——おお、神よ、われらを憐みたまえ。不届きなわが子をこっぴどく鞭打つ父と母、おまえにはそんな親が必要なんだ。

——まあまあ、と穏やかにファールト神父が仲に入った。その問題は教父たちによって検討されてきました。当節のわたしたちが近親相姦という言い回しを当てはめている人間関係もわれらが始祖の場合には罪深いものではなかったのです。人類存続にそれは不可避の必然だったのですから。この件についてはいずれ別の機会に話し合うとしようね、メイナス、二人だけで。

——そりゃ結構なこった、ファーザー、とミスタ・コロッピーは声を荒らげる。こいつをいい気にさせるがいい。この子に巣くっている邪悪にあんたの祝福を与えるがいいさ。

なんてこった、でもいいかね、あたしはウェストランド・ロウのブラザー・クラッピーに会いに行く、会ってぶちまけるつもりだ、この——

彼は急に話をやめた。かすかな声が聞こえたような気がする。みんなじっと耳を澄ました。ミセス・クロッティの部屋からまた弱々しい声がした。

——ファールト神父はそこに？

ミスタ・コロッピーは席を立ち急いで病室に入るとドアをぴったり閉めた。

——ああ、何事もなければいいのですが、とファールト神父が呟いた。

ぼくたちは黙りこくって互いの顔を見合わせていた。五分ほどしただろうか、ミスタ・コロッピーが戻ってきた。

——あんたに会いたがってる、ファーザー、といつになく低い、彼らしくない声だった。

——そう、と言うなり神父は立ちあがった。

彼は静かに入って行った。ぼくは知っている、あの部屋のあかりはローソクだけなのだ。ミスタ・コロッピーはどさっと椅子に腰かけた。思いつめた様子で、ぼくたちのことなど全く気にもならないようだ。機械的に手がグラスに伸びてウィスキーを口に運び、ストーヴの鉄格子から洩れる炎のきらめきをじっと見つめている。兄は肘でそっとぼくを突き、目をぎょろつかせた。

——ああ、なんと、おお。ミスタ・コロッピーは暗く、沈んだ声で呟いている。

彼は自分のグラスにまた注ぎ足した。そして、ファールト神父のグラスにも。

――われわれには分からない、その日がいつ来るか……その時はいつなのか。すべては待っているとやってくるんだ（「すべてはひたすら待つ者のもとに巡り来る」ロングフェロー『街道沿いの宿屋の物語』一八六三）。いまいましいがどうしようもない。

彼はまた沈黙に沈み込んだ。長い長い時間が経ったように思えたけれど、部屋のなかはしんと静まりかえっている。これまで気にしたこともなかったが、調理台の上の目覚し時計が静かに時を刻んでいる。ファールト神父が音もなく病室から出てきて椅子に坐った。

――済みました、コロッピー、安心しました、と彼は言った。

ミスタ・コロッピーは不安げに彼を見た。

――それで、それで……？

――彼女は安らかな顔をしています。こまごまとした話をしてくれましたが、いずれも罪も曇りもないものでした。まさに神の恩寵のあらわれと申せましょう。彼女の心は安らいでいるのです。わたしが出てくるとき彼女はほほえんでいました。かわいそうにあのひとの加減はひどく悪いのに。

――したんですか……必要なこと（終油礼＝生命の危険がある病人の体に香油を塗る儀式）を為さったんですか？

――確かに。死に備える神聖な宗教的儀式は死そのものの別名ではないのです。しばしば奇跡的な回復がみられもするのです。その多くの例をわたしは知っています。

兄が言った。

——ドクター・ブレナーハセットを呼びに行こうか？

——いや、いい、とミスタ・コロッピーは言った。どのみち今夜来てくれることになっている。

——いずれにしても思い込みは如何なものですかな、コロッピー、とファールト神父が静かに言った。神の御心はわれらの知るところではないのですから。二週間もすれば彼女もまた起きられるかもしれないのです。祈ろうではありませんか。

しかしその四日後、ミセス・クロッティは死んだ。

8

ミセス・クロッティが死んだ頃、兄の「ビジネス」は驚くべき規模に拡大していた。彼は雑貨商デイヴィーズから木箱を譲り受けてきた――この場にぴったりのソープボックスである（石鹸出荷用木箱は扇動的な街頭演説において即席の演台として使われた）。毎朝はやめに起き出す彼は木箱を抱えてそそくさと玄関ホールに降りて行き、投げ込まれて山積みになっている郵便物を回収してくる。ミスタ・コロッピーの目にとまってはまずいのだ。プロフェッサー・ラティマー・ドッズを自称する彼はさらに「望蜀競馬事務局」なるものをわが家に設置していた。どうやらこれは昔ながらのいわゆる必勝法に従って運営されているらしい。つまり、レースごとに顧客たちを出走馬と同じ数のグループに割り振り、それぞれのグループにいくらかでも勝ち目のある馬を一頭ずつ割り当てるのである。どれが勝ち馬になろうともかならず一つのグループはそれに賭けていることになる。そして兄の業務規約の一項として勝ち馬を当てた顧客は賭け率に準じて五シリングを限度として彼に払い込むことと定められているのだ。しばらく前から兄は家のなかでもおおっぴらにタバコをふかし始めていた。おまけにこのところ彼がパブに出入りするところを何回も見かけた。たいていはみすぼらしい身なりの腰巾着を引き連れている。今はそれだけ懐が温かいのだ。

彼は「絶頂ジャーナリスト養成所」なるものも運営していて、「明快、的確、分析的にして比類なき十二課程」を受講するならばペンによって一儲けする要領を会得しうると称している。さらにまた彼は「純正真美出版社」刊行になる大量の小冊子を大ブリテン島に送り込もうとしていた。カナリヤなど籠で飼う鳥に関する論文や園芸入門書などであるが、いずれも国立図書館所蔵図書から勝手に拝借した資料をねたにして巧みにでっちあげたものである。はじめのうちは自前の簡単な印刷器を使っていたのだが、今では裏通りで細々と暮している男に仕事をまかせるようになっている。この男は貧弱ながら辛うじて印刷機と言えるしろものを持っているのだ。あるとき兄はぼくに二ポンドという大金を手渡して郵便切手を買ってきてくれと言った。どれほど多くの郵便を利用しているか、見当がつくというものだ。

ミセス・クロッティの遺体がハディントン・ロードの教会に移される日の夕方、仏頂面の兄は黙りこくったまま教会を出ると夜の町に消えた。おそらくパブにでも行ったのだろう。次の日は朝からどんよりと暗く陰気な空模様で、やがて激しい雨になった。天も涙するなんて葬式にふさわしいじゃないかとぼくは思った——「パセティック・ファラシー」

と承知のうえでそう考えたのだ（「感傷的誤謬」とは自然、無生物などを人間同様の感情をもつものとして扱うこと）。まだ仏頂面の兄はいつものように郵便物をとりに降りて行ったが、戻ってくるなり言った——

——この家も、この暮しもまったくうんざりだぜ。こんなどしゃ降りのなかをディーンズグレンジまでのたくって行かにゃならんとは最低だな。

——少なくともミセス・クロッティは最低の人じゃなかった、とぼくは言った。あのひとの葬式にけちをつけるつもりはないんだろ？　兄さん自身にしたっていつかは墓場行きってことになるんだものね。

——まあ悪い人じゃなかったよな彼女は、と彼はうなずいた。でも問題なのはあの旦那のほうなんだ、うんざりだよまったく……

ミスタ・ハナフィンの馬車が着き、ぼく、兄、ミスタ・コロッピーそしてアニーが乗り込んだ。教会の前にはすでに霊柩車と会葬者のための二台の馬車が控えていた。ぼくたちの知らない人ばかりだったけれど、会葬者たちはそそくさとミスタ・コロッピーとアニーに近づいて何やらひそひそ話しかけてはことさらに力をこめて握手している。ぼくと兄は誰からも声をかけられなかった。そろそろミサが始まろうとしたとき第三の馬車が到着し、初老の婦人三人と地味な喪服の痩せぎすで背の高い紳士が降り立った。あとになって考えてみると彼らはミスタ・コロッピーの仕事に協力している委員会のメンバーらしい——仕事といってもそれがどんなものかはっきりとは知らないのだが。

霊柩車は海岸沿いのメリオン・ロードを進んだ。嵐が接近しつつある。吹きさらしの道を馬車はよろめきながらあとに続いた。深い悲しみに沈むミスタ・コロッピーはほとんど口をきかない。

——海がとても好きだったな、あのひとは、とやっとのことで彼が呟いた。

——まあそうだったわね、とアニーはうなずいた。いつぞや話してくれたんだけれど、娘のころはしょっちゅうクロンターフ（ダブリン北郊）の海辺で遊んでたらしいわ、泳いだりなんかして。

——そうさな、あれはなんでもできる人だった、とミスタ・コロッピーは言った。それに聖女と言えるくらい情けがあって。

激しい雨に打たれながらの埋葬。なんとも惨めなものだ。墓前葬で低く唱えられるラテン語の祈りに促されて風雨は一段と勢いを増すかのようだった。会葬者たちの背後にひとり佇む兄は抑えた小声でたえず悪態をついている。驚いたことに、いや実際それを見てぼくはぎょっとしたのだが、彼は尻ポケットから平べったい半パイント壜をこっそり取り出すや顔をしかめながらぐびぐびと飲んだのだ。人目につこうとつくまいとこれは死者埋葬の場にふさわしくない振舞いではなかろうか？　目敏いファールト神父には気づかれてしまったようだけれど。

すべてが終り、柩が濡れてふやけた粘土質の土くれに覆われると、一同は通用門に向かった。ミスタ・コロッピーはずんぐりした男と連れだっている。歩いて来たとかで息を切らせているこの男には帰りも乗り物の当てがないらしい。見かねた兄はひとかどの紳士らしく自分のかわりに馬車へどうぞと申し出た。この申し入れは感謝の言葉とともに受け入れられた。兄は手近なところに寄って自転車を借りるつもりだと言ったが、実は寄るところが違うにきまってるとぼくは思った。これもまた手近なところキル・アヴェニューに手ごろなパブがあるのだから。

帰りの道すがらミスタ・コロッピーは少しずつ元気を取り戻していた。葬儀を無事すませてつらい思いも軽くなったのだろう。そのせいかミスタ・ラファティなる人物に引き合わせてくれもした。初めて見る顔だ。

——あたしに言わせればだな、ラファティ、と彼は言った。何が彼女の命を奪ったか、その原因は一つだけじゃなかった。いいかね、病気のせいだけで死んだときめつけるわけにはいかんということさ。そうとも、いろんな原因が絡み合っていたのだ。

——そうでしょうとも、とミスタ・ラファティが言った。そのとおりでしょうよ、たしかに。言いたかないけど、はたしてこの国ってキリスト教国なんですかね。

——ねこっかぶりのえせ信者ばっかりさ。

——このあいだの晩に思いついたんだけどね、ミスタ・コロッピー。二年後には市議会選挙がある。あんたは持ち家に住んでいる、つまり、当然ながら議員に選ばれる資格があるってことだ。どうです、あんた、立候補してみたら？　あんたなら市議会で緊急動議を出して並み居るろくでなしどもをたじろがせることもできるだろう。その気になれば市当局の幹部くらい容易に動かせるじゃないか。担当の幹部を通じて土木技師なり測量士なり然るべき現場監督に指示を伝え、われわれに必要な施設を町中につくらせるのだ。

——あたしにもその気はあった、とミスタ・コロッピーは応じた。でもあと二年、そうだったな？　その二年のうちにどれだけたくさんの不幸な女たちが心ならずも早すぎる死を迎えることになるか、神のみぞ知るというところだ。ああ、なんてこった、なにやかや悩みの種やら心配事が頭に入りこんできて、あたし自身がぽっくり墓場行きってことになりかねない始末さ。

——あんたの頭にそんなばかげた考えを入りこませなさんな。アイルランドはあんたを必要としている。それはあんた自身わかっているはずじゃないか。

ミスタ・ラファティはぼくたちの家まで御一緒にどうぞという誘いを丁重に断って、途中のボールズブリッジで馬車を降りた。帰宅したぼくたちはまず濡れそぼった外套を脱いだ。ミスタ・コロッピーはストーヴの火をかき立て、ウィスキー壺をぐいと手許に引き寄せ、椅子に沈み込んだ。

——アニー、グラスを三つたのむ、と彼は言い、それぞれのグラスにウィスキーをたっぷり注ぎ込み、水を少々つぎ足した。

――かような日には、と彼は勿体ぶって切り出した。かかる悲しき日にはだな、われらすべて酒精飲料を十分に摂取して然るべし。死に至る風邪もわれらを避けるであろう。なんびとたりとも四十五歳に達するまでは強い酒を飲むべからず、それがあたしの持論ではあるけれども、この際それを薬剤として用いようではないか。これこそ薬屋どもの処方になる錠剤、散剤、液剤のいずれにもまさる特効薬。そうともあのての売薬は肝臓ならびに腎臓に悪さをする最悪のしろものなのだからな。

ぼくたちはこの特効薬なるものに敬意を表して乾杯した。ぼくにとってはウィスキー初体験だ。アニーは表情ひとつ変えずにグラスを傾けている。そのさりげなさにぼくは拍子抜けした。彼女自身だいぶ酒を嗜むほうなのかもしれない。やがて眠けがさしてきた。二時間ほど寝室に行くとするか。ぐっすり眠りこんだ。五時ごろ起きた。キッチンに戻って暫くすると兄が帰ってきた。ミスタ・コロッピーはあれからずっとウィスキーを飲んでいたようだ。彼はキッチンに入ってきた兄に気をとめるでもなく、ましてや兄が酔っているというとんでもない事実に気づいた様子もない。酔ってる、たしかに兄は酔っ払ってる。どっかり椅子に坐りこむとミスタ・コロッピーをまともに見すえた。

――こういう日にはですね、ミスタ・コロッピー、と彼は切り出した。元気づけにそこにお持ちの強壮剤を一口ばかり頂いてもよろしかろうと思うんですけど。

――珍しいじゃないか、今度ばかりはおまえの言うとおりだ、とミスタ・コロッピーは答えた。まずはグラスを持ってくるんだな。

新しいグラスはたっぷり満たされた。ぼくは無視された。彼らは黙りこくって飲み続けている。アニーは午後のお茶の準備に取りかかる。

——そうさな、とミスタ・コロッピーが取ってつけたように口を開いた。おまえたち明日は学校に行くことはあるまい。あさっても休むとするか。喪に服するってわけだ。先生方もわかってくれるさ。

兄は調理台に叩きつけるような勢いでグラスを置いた。

——そうですかね、ミスタ・コロッピー、と苛立たしげな声だった。ほう、そういうことですか？　言わせてもらいますがね、ぼくはあのいまいましい学校には戻りませんからね、明日も、あさっても、これからずっと。

ミスタ・コロッピーは目を丸くした。

——どういうことなんだ、いったい？

——学校やめたんだ——今日から。うんざりなんだ、クリスチャン・ブラザーズの下種たちが吐き出すくだらん世迷い言を聞かされるなんてもう我慢できないのさ。彼らは無知無学な農夫の息子ってところだ。どこかのろくでもない野外学校あたりで教育を受けただけじゃないのかな。

——あきれたもんだ、おまえ、神の僕《しもべ》なる聖職者たちへの敬意はどうしたんだ、とミスタ・コロッピーがきめつけた。

——神の僕なんかじゃない。あの連中はサディスティックな激情の奴隷なのさ。ぺてん師、詐欺師、彼らは聖職者の風上に置けない下種なんだ。あの連中はこの国の若者たちの精神を荒廃させている。しかもその忌まわしい仕業《しわざ》にすっかり満足してるじゃないか。

——そんな口をきいて恥ずかしくないのか？

——あんな恥知らずどもにくらべればこれでもまともに恥を知る心があるつもりさ。とにかく学校とはもうこれっきりにする。これからは自活しようと思ってる。

——おやおや、そうですかねえ。で、どうやって？　車引きか馬方か？　それとも馬車のあとからついていって馬糞拾いの道路掃除でもやるか？

——自活しようと思ってる、ぼくそう言っただろ。いや、思ってるどころじゃない——現に自活してるんだぜ。今のぼくは出版業者であり国際的講師なんだからね。見てごらんよ、これ！

彼は内ポケットに手を突っこむと分厚い札束を引っぱり出した。

——ほらこれだ、と彼は声を張りあげる。これでおよそ六十五ポンド。それに二階には二十八ポンド分の郵便為替がある。まだ現金にしてないけどね。あんたには年金ぐらいはあるだろうけど、仕事もなければ何かしようっていう意欲もないじゃないか。

——言わせておけば、こいつなんてことを、とミスタ・コロッピーは高ぶる気持に声を震わせた。まったくいい気なもんだ。わしには為すべき仕事がない、とおまえは言う。どこでそんないいかげんな話を聞きかじったんだね。いいか、ほんとのところを話してやる。よく聞けよ、おまえもおまえの弟も。わしはだな、あるプロジェクトにかかわってきておる。この町の男が試みたどんな企画にもまして困難かつ憂国のプロジェクトなのだ。わしがこの世を去ったときはじめておまえたちもそれがどんなものであったか知るであろう。わしには為すべき仕事がないとほざくなんて生意気にもほどがある。まだまだ元気なわしに向かってその言い草はなんてことだ?

——話をずらさないでよ。ぼくは学校をやめた、要するにそれだけのことさ。

話は尻切れとんぼのままぷつんと切れてしまった。なにしろたいへんな一日だった。体も気持もひどく疲れている。それにミスタ・コロッピーも兄も悪酔いしているようだった。やがて床に就いたとき兄はぼくにまだシング・ストリートの学校に通うつもりかと言った。

——今のところはまあそうしようかな、とぼくは答えた。何かぴったりした仕事が見つかるまではね。

——好きなようにするがいいさ、と兄は言った。でもぼくにとってこの家はぴったりしてないと思うんだ。郵便の宛先がアイルランドだとどうもまずいんだ。英国人てのはアイルランドっていうと毛嫌いするし信用しないときている。あの連中は有能、誠実な人間はすべてロンドンに住んでると思いこんでいるんだ。この点についてはいずれじっくり考えてみるつもりだがね。

9

ミセス・クロッティが死んでから一年の間に家の様子もいくらか変った。アニーはこじんまりしたクラブに入った。毎日午後になると女たちが集ってカードをしたり家庭内のこまごました事を話し合っているらしい。彼女はやっとのことで自分の殻から抜け出ようとしている。ミスタ・コロッピーは心機一転、決意を新たにしてあの謎めいたプロジェクトなるものに取り組んでいる。日が暮れると頻繁に彼を議長とする委員会がわが家のキッチンで開かれるのだが、その際この会議室への立入りは厳禁ということになる。時折ぼくは二階の窓から到着する委員諸氏の姿を見た。葬儀に出席していた初老の御婦人二人と痩せぎすで背の高い紳士、それから若い女性を伴ったミスタ・ラファティ。二階から覗き見た印象ではかなりの美女だ、彼女は。

その後も兄は一段と力をつけ、ますます金回りがよくなったし、事業拡大に備えて融資を受けたりしているらしい。どうやら利子二十パーセント短期貸付で四百ポンドを借り入れている模様だ。利益がいかに薄かろうと資本回転率を高めること――これが兄の鉄則なのである。たまたま彼はある記事に目をとめた。英訳二巻本『ミゲル・デ・セルバンテス・サーベドラ集』千五百セットが古い領主館で発見されたというのだ。革装丁の豪華版で見事な挿し絵入りである。第一巻はセルバンテス評伝、第二巻には彼の主要作品からの抜粋が収められている。一八一三年パリで印刷、刊行され、イングランドに託送、保管されたままになっていたらしい。全巻を安値で買い取ったロンドンの書籍商宛てに兄は手紙を送り、一セット三シリング六ペンスの現金払いで全品を譲り受けたいと申し出た。それを聞いたときぼくはなんてむちゃな高値で買い取るんだと心配になった。この種の本の相場をしっかり心得ているロンドンの書籍商のほうはいい鴨が来たと思ったに違いない。しかし兄はこのときも彼らしい才覚を働かせていたのだ。「純正真美出版社」の名義でイギリスの新聞に広告を出してこの作品の内容と体裁をあつかましいぐらいに褒めあげたうえで、びっくりするほど気前のよい特典を購買者に提供した。すなわち第一巻を六シリング六ペンスで買い入れた方には文字通り無料で第二巻を進呈するというのである。短期間の広告ではあったが、それで十分だった。大学をはじめとして二千五百あまりの申し込みが殺到した。彼はその後も何回かこのおまけ付き客寄せ方式を実行したものだ。とにかくこのときの取引で彼はおよそ百二十一ポンドの純益を得たのだが、間接的ながらぼくにも影響が及んだ。というのはセルバンテス本を詰め込んだ木箱がつぎつぎに届き始めると、兄は猫撫で声でおまえのベッドと身の回り品を空き部屋に移してくれないかと言いだしたのだ。これまで二人で使っていた寝室は今や兄の寝室兼オフィスになっている始木なのである。ぼくとしては別に異存はなかった。最初の四箱が届いたとき、具合の悪いことにぼくも兄も外出していたので、ミスタ・コロッピーが受領の署名をすることになった。兄より先に帰宅すると木箱はキッチンに積みあげてある。椅子に陣取ったミスタ・コロッピーはしかめっ面だ。

——一体全体あの若造は何をたくらんでるんだ、と彼は声を張りあげた。

——よく知らないけど、この箱、本が入ってるんじゃないかな。

——本だと？　こりゃ驚いた！　どんな本を売り歩こうってんだ、あの男？　あいつのことだ、猥本ってところか？

——まさか、そんなことは。バイブルかもしれないよ。

——こいつは驚きだ、まったくの話。いつだったか敬虔、敬神の鑑クリスチャン・ブラザーズについてあいつが何を言ったか、おまえも聞いていただろう。ところがどうだ、今度は伝道師になってサハラの南、ブラックアフリカの黒人やら海の向こうアメリカインディアンたちに布教しようってのか。まあそれもいいだろうさ、なにしろこの国には変人がわんさといるからな。それにしてもあいつが神の言葉、福音についていくらかでも心得てるとはとても思えん。主の祈りについてだって怪しいもんじゃないかな。

――バイブルって言ったけど、あれあてずっぽうなんだ。

ミスタ・コロッピーはつっと立ちあがると食器棚からウィスキー壺とグラスを取り出し、それを抱えてまた腰をおろす。

――いずれ箱の中味はきっちり調べてやる、と彼は厳しい口調で言った。もし猥本なんかが入っているとしたら、そうとも、娼婦裸像で飾りたて、卑猥、卑俗なるあたりに好色の目を光らせ、神の面前に汚物をぶちまけるたぐいのものであるとしたら、そう、そうしたら、かかる汚らわしきものはわが家にとどまるわけにはいかぬ、その所有者もろとも即座に立ち去らねばならんのだ。おまえからもあいつにそう言っておけ。わしはファールト神父に頼んでこのキッチンから悪霊の汚濁をきれいさっぱり払い清めてもらう。それもこだけではない。神父はわが家のいたるところに隈なく清めの祝福を与えてくれるだろう。おまえ、聞いてるのか？

――聞いてます。

――今どこにいる、あの男？

――さあ、どこでしょう。とっても忙しそうだから。もしかすると教会あたりかな。

――なんだと、いったいどういうつもりで？

――なにか深遠な神学的問題について話しこんでるんじゃないの。

――なにかだと。もしなにかけしからんことをたくらんでるようなら、ここには置いとけない。神を恐れる敬虔なわが家から追い出してやる。

ぼくはいやいやながら宿題に取りかかった。八時までには片付けて外出するつもり。仲間とトランプゲームをする約束があるんだ。ミスタ・コロッピーは暖炉の炎をじっと見つめながらウィスキーをちびちびやっている。

その晩、十一時ごろ帰宅すると、キッチンにミスタ・コロッピーの姿はなかった。早目に床に就いたらしい。それに山積みの木箱もきれいさっぱりなくなっていた。夜が明けてから聞いたところによると、夜の十時ごろ家に戻ってきた兄はミスタ・ハナフィンを呼び出し、二人して木箱を例のオフィスに運び上げたとのことだ。協力への謝礼として兄はたっぷりチップをはずんだようだが、流しに汚れたグラスがひとつころがっているのをみると、ひと仕事終えたあとの骨休めにミスタ・ハナフィンか兄のどちらかがウィスキーを呷ったに違いない。学校へ行く前にぼくは兄に声をかけた——ミスタ・コロッピーは本の中味を胡散臭いと思ってる、へたをするとこの家からつまみ出されるかもしれないよ。で、セルバンテスって猥本作家なの?

——否。ぴしっと言ってから兄は言葉を続けた。とにかく近いうちにここを出るつもりだ。長居は無用ってわけさ。あのうるさ型の扱いは心得てる。まあこの本を見てみろよ。

分厚いオクタボ判（一六×二三センチ）で、くっきりした木版画で飾られたいかにも時代物らしい豪華本だ。書棚に収めれば見栄えがするから、それだけでも六シリング六ペンスで買えるのならたしかにたいしたお値打ちものである。

その日の夕方、兄は抜け目なく上下二巻のそれぞれにミスタ・コロッピーへの献呈の辞を記し、キッチンにいる彼にうやうやしく贈呈したそうだ。夜になって二人になると兄は言った。

――最初はびっくりしたようだったけど、すぐに相好を崩したミスタ・コロッピーはおまえの趣味も隅におけんなって言ってた。彼に言わせると、セルバンテスはスペインのオーブリー・デ・ヴィア（オーブリー・トマス・デ・ヴィア〔一八一四―一九〇二〕はアイルランド・リメリック生れの詩人。『聖パトリックの伝説』〔一八七二〕などの著作がある）だとさ。『ドン・キホーテ』は不朽の傑作古典で、明らかに全能なる神の啓示によって書かれたものであるからして、忘れずにファールト神父にも一部お送りするようにと申し渡されたよ。まったくのお笑い草だぜ。おふたりさんともまるっきりの頓珍漢なのさ。さてと、荷造りを手伝ってくれないか。包装紙はたっぷり買いこんである。

否も応もなかった。

兄の際立った特色なのだが、やりかけたことは最後までやりぬく、やりとげるまでは一息入れたりしない。二、三日すると兄は彼にとっての宝庫つまり国立図書館での仕事を再開していた。

しばらくして彼は三篇の自筆原稿についてぼくの意見を聞きたいと言ってきた。それを「純正真美出版社」から小冊子として刊行するつもりだそうだ。最初の原稿の表題は「英訳ホラティウス頌歌と叙情詩・文学博士（オックスフォード大学）ドクター・カルヴィン・ノッタースリー訳」、二番目は「ポット骨折に関する臨床講義（ポット骨折は英国の外科医パーシヴァル・ポットの名にちなむ）・王立外科大学評議員医学博士アーネスト・ジョージ・モード著」、そして第三の原稿は「水泳と潜水――男性的にして高尚なる技能・ルー・ペイターソン著」と銘打ってある。この三篇はすべて他人の文章の焼き直しなのは明らかだ。ぼくはこのでっちあげについてとやかく言わなかったが、ただひとことドクター・モードの肩書きを王立外科大学評議員としたのはまずいよ、と注意した。その種の記録は残っているし、誰かがそんな人物はいないって見破るかもしれないじゃないか。

――モードという名前の評議員なんかいないなんてどうして言い切れるんだ？

――いるとしたらもっとひどいことになる、とぼくは言い返した。

10

陰気な夜だった。キッチンにいるのは二人だけ、ミスタ・コロッピーとぼく。がたつく肘掛け椅子にだらしなく坐った彼は新聞を読んでいる。ぼくは上の空でやっていた宿題にうんざりして、何かうまい職に就けないものかしらとぼんやり考えこんでいた。勉強と称する時間の浪費には心底から嫌気がさしているのだ。あんなのはぼくとは関わりのない事柄をだらだらいじくり回すだけの話じゃないか。それにしても野放図なくらい自由な生活をしている兄が羨ましい。日増しに大人っぽくなっているようだし、金儲けに打ち込む姿勢に揺るぎがない。どんな手を使ってでもとにかく手際よくたっぷり稼ごうってわけだ。今夜は家にいない。どこかのパブで何か新しい取引の商談でもしてるんだろう。アニーも外出している。

ノックの音がした。ぼくが席を立ってファールト神父を招き入れた。ミスタ・コロッピーは坐ったまま彼に声をかけた。

——やあ、ファーザー。ひさしぶりじゃないですか。

——さよう、コロッピー、とにかくあんたもあたしもあまり出歩かんほうですからな。

——とりあえず寒さしのぎに一杯やるとしますか。

ファールト神父がパイプを取り出す。彼にとってなによりの楽しみなのだ。ミスタ・コロッピーはのっそり立ちあがり、食器棚からウィスキー壺とグラス二個を取り出し、それから水差しを取ってきた。

——さあ、と彼は言う。

グラスに満たされた液体はじっくり賞味された。

——面白い話があるんですよ、ファーザー、とミスタ・コロッピーが言った。いやまったくの傑作なんだ。この前の水曜日にやった委員会にミセス・フラハーティが出てましてね。エマリーン・パンクハースト（英国の婦人参政権運動の指導者。一八五八―一九二八）についていろいろ喋ってましたっけ。肝が太くてなんとも図太い女性ですよ、ミセス・フラハーティってのは。いずれあの悪党ロイド・ジョージ（英国の政治家。一八六三―一九四五）をとっちめてやるって言いだすんだから。まったくたいしたもんですよ。

——たしかに肝がすわっているかたです、とファールト神父はうなずいた。

——まあ聞いてくださいよ、肝心なのはこれからなんで。やがて会議が始まり当面の問題について論じはじめたとき、肝っ玉ミセス・フラハーティがおもむろに提案したんです、市庁舎に爆弾をってね！

――これはこれは！

――あのろくでなしどもを根こそぎふっとばす。ぶっころす。手足ばらばらふっとばす。納税者に対する職務、人間としての義務を果たしえないのであれば、やつらは生きるに値しない。これが古代ローマだったら、あんな連中は間違いなく磔《はりつけ》ってところだろう。

――でもコロッピー、あんたは暴力嫌いだと思ってたが。

――そりゃそうですとも、ファーザー、たしかにそうですよ。でもミセス・フラハーティは違う。あのての性悪な役人どもはさっさとぶちのめすにかぎると信じてる人ですからね。まず行動を――それが彼女のモットーなんで。

――それにしてもコロッピー、当面の情況にどう対応するのが正しいか、あんた自身の打開策を彼女に話してやったのでしょうね。つまり、政治的キャンペーンを展開し、真相暴露運動を粘り強く継続し、市当局の怠慢を弾劾することによって味方につけた世論を燃えあがらせる。この路線で行くかぎりミセス・フラハーティにしても力量を発揮できるでしょう。それも彼女が自由の身であればこその話で、刑務所に放りこまれてしまったら手も足も出ないですからね。

――だとしても、ファーザー、理想に殉じて投獄された先例は少なくないでしょうに。この国ではよくあることなんだ。

ないですからね。

——世論を喚起するには大衆の只中に身を置かねばなりますまい。彼らの目はごまかせ
——教会はミセス・フラハーティのたくらみをどう見るでしょうね？

——激烈な非難、譴責に値する。当然のことです。極めて罪深い行いではありませんか。まさしく殺人にほかならないのですから。公務にかかわる失政あるいは怠慢を改善すると称して人を殺すのは法にそむく所業です。暗殺は断じて正当化しえません。信をおくべきは選挙と投票にであって、流血にではないのです。

——こう言っちゃなんだけど、ファーザー・ファールト、そいつは腰抜け青二才向きの福音ってところだ。わが先祖は暴力をいとわぬ勇猛果敢な勇者揃いだった。それに初期キリスト教殉教者たちを見てごらんなさいよ。彼らは信ずるところを守るためには自身の血を流すことなぞ何とも思っていなかったじゃありませんか。あんたのグラスをこちらに。

——そういう比較は強引すぎますな。いやどうも、ありがとう。

——いいですか、ファーザー、注意して聞いてくださいよ。一六〇五年十一月初旬、そう、ちょうど今時分、イングランドではジェイムズ一世（在位一六〇三—二五）によるカトリック教徒迫害が行われていた。教徒たちを牢獄に放り込み、彼らの財産をむしりとっていたんだ。やりたい放題だった、エリザベスの頃よりもっとひどかった。カトリック教徒はまるっきり犬なみの扱いを受けていたし、神父たちは豚扱いだった。暴虐なローマ皇帝たちさなが

らの圧制であった。もっともあの独り善がりの愚者ネロときたら少なくともローマ市民に娯楽を供していると自負していたようだがね。で、どうなったと思う？

——ジェイムズはきわめておぞましい君主でした、とファールト神父はのろのろと応じた。

——どうなったか、話してきかせよう。ロバート・ケイツビー（イギリスのローマカトリック教徒。一六〇五年火薬陰謀事件の首謀者。一五七三—一六〇五）という男がいて、今われわれが味わっているような圧制にはもう耐えられないと考えた。彼はミセス・フラハーティと同じ計画を思いついたのだ。国会議事堂を爆破してあの木偶《でく》の坊どもを根こそぎにする、国王を含めてきれいさっぱり消しちまう——彼はそういう計画をたてたのさ。選挙と投票路線に専念すべきだなんてことを彼に言ったらどんなことになるか。お返しに飛んでくるのは顔面平手打ち、おまけに腹を膝で蹴り上げられるのが落ちだろうさ。思い起こせ、十一月五日（ガイ・フォークス逮捕の記念日、いわゆるガイ・フォークス・デイ）を。忘れるな、あの日を。

——当然ながら時代の違いということもありますからね、とファールト神父は答えた。

——時代が違うといったって何が正しいか何が正しくないか、その点に変りはないんだ。そこのところはあんた自身よく分かってるでしょうに、ファーザー。ケイツビーはガイ・フォークス（ローマカトリック教徒。一五七〇—一六〇六）を仲間に引き入れた。その頃フランダースで戦っていた勇敢な男だ。それにグラント、カイズ、それから二人のウィンター（ロバートとトマス）、いずれも神の名にはじぬ高潔な人物、しかも生粋のローマカトリック教徒なんだ。フォークスはこの事件の重要人物で、実行グループの先頭に立つことになる。一トン半の爆薬を首尾よく手に入れた彼はそれを英国議会上院の地下室に詰め込む。この間もずっと彼に手を貸す二人の男がいて、この陰謀に神の加護あらんことをと祈っていた。つまりグリーンウェイとガーネット。それがどんな人物か、ファーザー、知ってるね？

——知ってる、と思うけれど。

——当然知ってるはずだ。あの二人はイエズス会士ですからね。どうです？

——いいですか、あんた、イエズス会士だって間違いを犯すこともあります。判断を誤ることもありうる。彼らも人間なのですから。

——なるほどね、ガイ・フォークスのたくらみがばれたとき、人間としての彼らの判断に誤りはなかったわけだ。どろんをきめこむ酔っ払い顔負けの勢いで彼らはあっというまに姿をくらました。グリーンウェイ神父ともう一人はもっと安全な国をめざした。ガーネット神父のほうはそれほどうまく立ち回れなかった。逮捕されたあげく彼は絞首索を首に、吊りあげられた高々と。

——これすなわち信仰ゆえの殉教、とファールト神父はまるでひとごとのように言った。

——そしてフォークス。彼は拷問にかけられた。共犯の名前を吐かせるための拷問は地獄でしか見られぬようなすさまじいものだった。でも彼は口を割らなかった、断じて。しかしケイツビーとその仲間たちが追い詰められ、逮捕され、殺されたと聞かされると、さすがの彼も打ちひしがれて自白らしいものを口走った。で、どうなったと思う？　自白というよりうわごとにすぎなかったのだが、それを書き留めた文書を突きつけられ署名せよと迫られたとき、彼は筆を執れなかった。拷問は彼を完膚なきまでに痛めつけた。親指ねじ締め責め具は彼の両手を無惨に打ちくだいていたのだ。あんた、これどう思う？

――フォークスがかくも英雄的に耐えた責め苦は疑いの余地なく恐るべき残虐行為の極みであって、人間の考えうる最悪の拷問でありました。それは王みずからの命令によって行われたのです。彼は毅然たる不屈の士でありました。

――言うまでもないことだが、厳しい処罰を受けたのは彼だけではない。仲間が何人も高く吊られたのだ。しかしなんてことだ、フォークスは絞首台への梯子をよじ登ることさえ出来なかった。かわいそうに拷問のせいで疲れ果てて精根尽きていた。かつぎあげられた彼は吊るされた。神のより大いなる栄光のために爆破せんとしたあの建物のかたわらで。

――その言葉は言いえて妙と思われますね、とファールト神父は控え目に言った。

――その言葉って、つまり、神のより大いなる栄光のために、という言し回しのことか。ラテン語だとどうなる？

――アド・マヨーレム・デイ・グローリアム。わが修道会の標語です。

――そうでしょうとも。イエズス会のモットーってわけだ。そいつはうんざりするほど聞かされている。あんたの言うように市議会の連中をぶっとばすのが不当で罪深いことだとしたら、あの二人、あるいは三人のイエズス会士について、あんた、どう釈明するつもりなんだ？　ほかならぬあの行為のゆえに有罪とされ、世俗の権力に挑戦した彼らをどう考えているんだ？　ミセス・フラハーティとミスタ・フォークスは行動を共にしている。二人の立場に違いなんかないじゃないか？

——さっきも言ったと思いますが、コロッピー、事態なり意見なりは時代から時代へと抜本的に変るものなのですよ。時代が移ると人びとはそれまでとまったく異なる事象に影響され左右されるのです。フォークスが生きた時代の緊迫した状況を今となって見極めるのは困難なのです。いや不可能ですらある。キケロは賢明にして誠実な人物でした。それでも奴隷を所有していました。ギリシア人は古代において最も洗練された文明人でした。それでも道徳的見地からするとその多くは堕落し腐敗していたのです。彼らはよこしまなる不貞に心を奪われていました。だからといって彼らが後世に残した英知と美の価値はいささかも減じていません。美術、詩、文学、建築、哲学そして政治制度、これらはいずれも放蕩無頼のただなかから発現し展開してきたのです。ときどき思うのだけれど——えー、なんと言うか——堕落した社会的風潮は諸分野における卓越した人物を刺激してみごとな達成に向かわせる必須の要件である、まあこんなふうに考えたりするのです。

ミスタ・コロッピーはグラスを置き、指を振りながら厳しい口調で言った。

――いいかね、ファーザー・ファールト、よく聞いてもらいたい。前にも同じ趣旨のことを言ったと思うが、今また改めて言っておきたい。どう見てもあんたがたをしんそこ信頼できるとは思えないんだ。あんたがたはいつだってそのときどきの新しい風潮に合わせて都合のいいように意見を調整し判断を変える。疑問が生じた場合にはイエズス会士を呼ぶがいい。その疑問ひとつにつき彼は二十もの新しい問題点をでっちあげるだろう。そんなときの彼の語り口はいつも「もしも」と「しかし」をたっぷりまぶしたエセ神学調ときている。たしかそのてのごまかしの議論を指す言い方があったな。そう、詭弁。そうじゃないかね？　詭弁を弄するってね。

――たしかにそういう言葉があるけれど、この場合には当てはまりませんな。

――さすがですな。分かりきったことを持って回った言い方でややこしくするのがイエズス会士の得意わざってわけなんですよねえ。

――さて、そのイエズス会士という言葉ですが。スペイン人イグナティウスによって創立されたわれらが修道会は教皇聖下パウルス三世の御意向に従ってイエズス会という名称を与えられました。そもそもイエズス会士というのは策謀家とか詭弁家といった憎悪と侮蔑の響きを伴う呼称でした。その種の意図的な侮辱をわれわれはむしろ敬意のあらわれとみなしたのです。

――あたしが言いたいのはまさにそこのところなんですよ――あんたがたはいつだって

二重思考に二枚舌っていうのかな、あいまいな言葉で相手を煙に巻くんだ。あんたがたはまるで水銀みたいにどこにでもするりするりと入り込む。イエズス会士ってのはどうにも捉えどころがない。托鉢修道会だと聞いているけれど、寄付金集めがあれほど巧みなのはほかにないな。世界中いたるところに豪華な会堂を持ってるようだし。あたしも少しは事情を知っている。しかるべき本もいろいろ読んできた。ロワー・リーソン・ストリート三十五番地についていささか言いたいことがありましてね。あんた自身もぐりこんでいる例の塒《ねぐら》のことですよ。

——なんです、いったい？

——あそこにいる痩せっぽち修道士たちのディナーには赤ワインがついている。聖ペテロがたしなまれたよりずっとたっぷりとね。もっとも聖ペテロにしても鶏はお気に召していたようだけれど。ところでクロンゴウズ・ウッド（ダブリン西部キルデア州にあるイエズス会系寄宿学校）の神父たちも鶏には大変な御執心で。ディナーにはローストしたやつをたっぷり。おまけに赤ワインの飲みっぷりときたらみごとと言うほかない。

——おっしゃるようなことは根も葉もないうわさ話にすぎません。わたしどもは身分相応の食事をしています。わたしどもが、なんというか……奢侈にふける美食家なりとする中傷的言辞は愚にもつかないたわ言です。不愉快きわまる馬鹿げた話ですぞ、コロッピー。なんとも気に入りませんな。

——なるほど、そういうことですかね？　切り返すミスタ・コロッピーの口調には棘があった。イエズス会士批判は新しい罪ってわけですか？　けちをつけたやつは告解場でロザリオの祈り（主禱文を一回唱えては天使祝詞を十回、その後に栄唱一回を唱え、この一連の祈りを十五回繰り返す祈り）をまとめて五回も唱えさせようってつもりですかね？　なるほどねえ、イエズス会士に文句をつけるのは道徳的堕落なりというのであれば、教皇パウルス四世の魂の平安のために天使祝詞アベ・マリアを唱えるとしますか。なにしろあの方はイグナティウス・ロヨラに言ったそうじゃありませんか——イエズス修道会には是正さるべき点が多々ある、そう指摘なさったんでしょう？　そしてイグナティウスは教皇の前に膝を屈し、その指摘を素直に受けいれただろうか？　とんでもない、絶対に。あんたのグラスをこっちへ。

——これはどうも。わたしだってイグナティウスは欠点ひとつない人物だったとは申しません。ペテロにしても同じでした。しかしイグナティウスは教皇グレゴリウス十五世によって聖者の列に加えられました。死後六十六年、一六二二年のことでしたが、今は天国にいらっしゃるのです。

——終油の秘跡を受けずに死んだのでしたね。

——さよう。急死なさったのですから。もともと丈夫な方ではなかった。でもこの世におけるあの方の働きは驚くべきものがありました。イエズス会創立という偉業を為しとげた功績はすべての人の認めるところですし、この修道会は常に変ることなくカトリック教会の知的中枢であり続けてきたのです。

——そうは言っても、ファーザー・ファールト、そんな綺麗事じゃ済まないんじゃありませんかね。いいですか、ほかならぬこの修道会はかつてやたらにひどい騒ぎを惹き起こしたじゃないか。

——当修道会の神父たちは世界中いたるところに赴き、くまなくその土地の言語に通じ、伝道に資するすばらしい組織を構築してきたのです。

——かつてその人たちのなかには至高の教皇座をぶちのめし、うろたえさせようとした連中もいたじゃありませんか。ああ、そのせいでさしものキリスト教会もすんでのことにぐらつくところだった。そう思ってる人たちが現にいるんですよ。

——それがどういう人たちなのか聞いても無駄でしょうな。

——若いころベルファストで、あるイエズス会士に会ったことがありましてね。彼が言うには普仏戦争やボーア戦争が起きたのはイエズス会士たちのせいだそうで。なにしろ彼らはいつも政治にちょっかいを出すし、抜け目なく自分たちの利益だけを求める。つまりは金儲けの機会を狙っている。だからそうなるというのが彼の言い分だった。

——まさかイエズス会士がそんなことを？

——そう、イエズス会士。結婚してましたがね。

——つまりとんでもない背教者ということですな？

——とっても信仰の篤い男だった。娘が修道女になってくれればいいのだがとあたしに言ったこともあるくらいだ。

——話の様子ですと、その男、さしずめマルティン・ルターの亡霊というところでしょうね。

——イエズス会士たちはルターに焼きもちを焼いてるんじゃないかな。ベルファストで会ったあの男はカトリック教会をぶちこわそうと思いつめていた。あんたがたよりずっとましな努力をしていたんだ。

——なんてことを、コロッピー、いい加減にしてほしい。相手かまわずそんなことを口走ったりしたら、ただではすみませんよ。罰当りなやつだと咎め立てされるにきまってます。もっと口を慎んでもらいたいものですな。

——教会と家庭を軽んじてるわけじゃないですよ、ファーザー・ファールト。でもそれにもまして大事にしているものがある。真理、あたしは真理を畏敬し、敬愛しているのだ。

——なるほど、それは結構な話です。

——あんたにしても真理をそれなりに好んでいるにちがいない。ただしそれがあんたのお気に召す真理であり、あんたの都合にかなう真理であるかぎりはね。

——なにをおっしゃる、真理は真理なのです。

——そういえばアイルランド語の警句にこんなのがあったっけ。残念ながら古い言葉については不案内なんだけれど、要するにこんな趣旨の文句だ——「真理とは苦きものなり」。まさにそのとおりと身にしみてるでしょうな、あんた。

——マグナ・エスト・ヴェリタス・エト・プリーヴァリービト（真理は偉大にして、かつ広まるもの）。

——あんたの口からこれほどまっとうな台詞が出てくるとは意外ですな、ファーザー。

——どうやらわたしたちは厚かましくも馬鹿げた二人組のようです。イグナティウスやフランシスコ・ザビエルといったかたがたの修道会についてこんな締まりのないおしゃべりをしているのですから。

——おいおい、ちょっと待ってくださいよ。

——ザビエルはジャパンに初めて教えを伝えました。イエズス会伝道士たちは迫害や殉教をものともせずに布教しました。北アメリカのインディアンたち、フィリピンや南アメリカ諸国の原住民たちに福音を伝えたのです。イギリスでカトリック教会が禁止された時期にはあの国の人たちにも道を説いたのでした。彼らはいたるところに赴きました。何があろうとためらうことはなかったのです。

——ねえ、ちょっと待ってくれないか、ファーザー。あたしの話も聴いてくださいよ。たしかにイエズス会士たちはどこへでも出かけて行った。何にでも首を突っ込んできた。貪欲で抜け目のないことまさに鷹のような連中なんだ。彼らは教会の内部だけではなく俗世間においても強烈な影響力を揮っていた。王や女王をはじめとしてあらゆる権力者たちにイエズス会士を司祭として強引に押しつけたのだ。もっともパーネル（アイルランドの政治指導者）の場合は無理だったがね。

——パーネルはカトリック教徒ではありません。それに生粋のアイルランド人でもなかった。名前にしてもイギリス風ですしね。

——あのての献身的な司祭たちはヨーロッパ諸国の宮廷に押しかけ、のさばり、意のままにしていた。聖職者と称する政治屋、彼らはまさにそのての策士たちなのだ。蒙昧な酔いどれ君主や皇帝なんぞではとても太刀打ちできる相手じゃなかった。あんただって彼らにじっくり調べられたらすぐさま破門されるにきまってる。

——なにをおっしゃる。いっかいの司祭には破門宣告の権能などないのですぞ。

——まあそうでしょうな。でも司祭たちは上位の司教を意のままにしていたじゃないですか。司教は彼らの言うがままになっていたんだ。

——嫌味《いやみ》な方だ、コロッピー、あんたって人は。さて、もう少し頂こうか。

——さあ、どうぞ。それにしてもフランスにはすごい人物が二人いましたな、パスカルとヴォルテール。あの二人はイエズス会士をまったく相手にしなかった。嫌っていたんですな。ジャンセニストたち（オランダの神学者ヤンセン［一五八五—一六三八］が首唱した教会改革運動ジャンセニズムはイエズス会を批判した）はみなそうだった。そうでしょう？

——そう、まあそんなところでしょう。

——イエズス会はソルボンヌ派相手に神学論争を繰り広げた。教義をめぐってフランシスコ会士やドミニコ会士と激論を戦わせたのだ。イエズス会士は異端の徒であり離教派なのだと考える人がたくさんいた。それも敬虔で聡明な人たちなんですよ。まったくのところ、火のないところに煙は立たないってわけでしてね、それも地獄の火ってところかな。一七六〇年あたりからポルトガル、フランス、それにイタリアのここかしこでイエズス会を押さえつけようとする動きが出てきた。ヨーロッパの幾つかの国は使節やら使者をつぎつぎにローマへ送りつけ、イエズス会を抑圧するよう教皇に圧力をかけた。そしてまずまずの成果をあげたのだ。当時の教皇はクレメンス十四世（在位一七六九―七四）。ほら、いいかね、彼はイエズス会の活動を抑える旨の教皇教書《ブル》を発した。イエズス会がもはや創立時に掲げた所期の目的を果たしえていないというのがその理由だった。

——さよう、ドミヌス・アク・レデムプトオル・ノステル（主すなわちわれらが救い主）、とファールト神父が言った。

——あの、ちょっと、とぼくは言った。

兄ならいざしらず、このての話に口をさしはさもうとするなんてとんでもなく厚かましくて生意気なことだくらいわかっている。でも授業のときシュスターの教会史でさんざ苦労したもんだから黙っちゃいられなかったんだ。

——なんだ？　ミスタ・コロッピーのむっつりした声。

——ドミヌス・アク・レデムプトオル・ノステルは教皇教書じゃなくって教皇書簡《ブリーフ》だった。うんと違うんだよ。

——この子の言うとおり、とファール卜神父が言った。

ミスタ・コロッピーは差し出がましい知ったか振りが癇にさわったようだ。

——どっちでもかまわん、と彼は怒りっぽく突っぱねた。だが事実は事実、教皇はイエズス会を禁圧したんだ。問題は信仰と道徳にかかわることであって、その処置は教皇の不謬性のあらわれだった。

——コロッピー、とファール卜神父はぴしりと言った。あなたには分かっていない、自分が何を喋っているのか分かっていないようです。ヴァチカン公会議が教皇不謬性の信仰箇条を宣言したのは一八七〇年、ピウス九世のときだったのですよ。あなたが問題にしているのはその百年も前のことじゃありませんか。それにですね、普遍的なカトリック教会において個々の宗教的結社の禁圧は信仰と道徳にかかわる問題ではありません。

——ファーザー、あんたって人は相変らず考えが妙にこまかくって専門的ですな、とミスタ・コロッピーは皮肉っぽい口調で言った。さあ、そのグラス、こっちへ。

——どうも。こんどは少な目に。

——イエズス会士一流のわるがしこさについちゃいろいろと手きびしく文句をつけられてきたけれど、そのひとつにこんなのがある。司祭のなかには本来の伝道活動を商売、金儲け、投機的活動とごちゃまぜにしたのがいたんだ。ラ・ヴァレット神父っていうフランスのイエズス会士は売ったり買ったりにどっぷりはまりこんでいたそうだ。托鉢修道会だなんて聞いてあきれるよ。

——それは特異な、きわめてまれな事例で。

——まれじゃなかった。東インド会社へのイエズス会の影響力はたいしたもんだった。あれは至福の帝国主義ってところだったんだろうな。銀行預金をたっぷりためこんでね。

——なんとまあ。わたし自身について言えば銀行預金はゼロでして。でもありがたいことに、ポケットに電車賃くらいは入っていますが。

——でもね、あんたが吸ってるそのタバコはどこの産ですかな？

——修道会はですね、パナマに広大なタバコ園を持っておりまして、と答えるノァールト神父の歯切れは悪かった。あの活動抑制はまことに深刻な打撃でした。あれは不信心なる敵対者どものひそかな悪だくみの結果だったのです。インド、チャイナ、そしてラテンアメリカ各地のわれらが伝道活動は破綻しました。ジャンセニストたちが勝利をおさめたのです。まことに悲しむべき出来事でありました。

——ごもっとも、とミスタ・コロッピーが応じた。それでもしぶといイエズス会士たちはへこたれなかった。さすがですな、まったく！　企みには企みをぶつけて反撃に出たんだ。おお、しぶとく、したたか、修道士！

——修道会救済策を講じるのは神に対する義務だったのです。ベルギーではかつてのイエズス会士たちが新たに「信仰の神父たち」と称する修道会を創立しました。ロシアの女帝（エカテリナ二世。在位一七六二―九六）はあの教皇書簡の実施を認めようとしませんでした。それでイエズス会士たちはあの国での活動継続に努めたのです。やがてこの二つの修道会は合体することになりました。信じてもらえますね、コロッピー、そのとき以来わが修道会は復権の途を歩み続けたのです。

——なんてこった、あんたの話すことはあたしがとうに知ってることばっかりだ、とミスタ・コロッピーはきめつけた。自分の仲間たちの体面を保とうとしてるだけじゃないか。とにかく綺麗事すぎるんだよ。

——そんなふうに受け取ってらっしゃるのですか？　まあいいでしょう。おやまた注いでくださるのか。わが修道会の隆盛を祝して乾杯するとしましょう。

——あたしも付き合うとするか、と応ずるミスタ・コロッピーは心ならずも付き合うかという風情である。

思いが食い違ったまま二人は乾杯した。沈黙が続いた。やがてファーガル神父が口を切る。

——さて心からの思いをこめて想い起こそうではありませんか、あの注目すべき教皇教書を。フランスから戻られた教皇ピウス七世（在位一八〇〇―二三）が一八一四年八月七日に公にされたあの教書ですよ。その重要さはお分かりでしょうな、コロッピー？

――どうですかねえ、おそらく例によってあんたたちの心からの思いってのが通じたってところでしょうよ。

――かの教皇教書によってイエズス会は世界中いたるところで復権したのです。それまでイエズス会を拒絶していた国々もわたしたちの復帰を歓迎してくれました。ああ、全能の神の霊妙な為さりかたは人知では測り知れないものがあるのです。

――イエズス会士の奇妙なやりかたってのも御同様に不可解なものですな、とミスタ・コロッピーは言った。ところで資産のほうは持ち主が変ったんだろうか？　それともそのありがたい教皇さまもスカプラリオ（袖なし肩衣。信心の印として修道士などが身につける）と免罪符を売りつけて身代をつくった教皇たちのひとりってわけですかね？

――コロッピー、あなたを見損なっていたようです。でもまさか本気ではありますまい。ただわたしをいらつかせようとして心にもないことを口走っているだけなのだ。アイルランド流に言えば、わたしをグリッグ（なぶる、じらす）している。そうなんですよね。そんな自分が恥ずかしくないのですか。本当のところあなたは心の奥底で神を恐れ、深く崇拝しているのですから。主よ、この人に良いお導きを。

――信仰は冗談ごとじゃない。あたしはいつだって本気なんだ、とミスタ・コロッピーはまじめくさって言った。あたしを褒めるなり持ちあげるなりする気があるのなら、せめてあたしが生涯をかけて取り組んできた重要な仕事を考えに入れてほしいもんですな。このあわれな心臓が動きをとめるそのときまでかの仕事その動きをとめることなからん、というわけでしてね。

――なるほど、これまでの議論はあなたにとっていわば本論につなげる前置きだったのですね。いいでしょう、とにかくイエズス会の先達たちが示された粘り強さを常に想い起こしてほしい。肝要なのは不屈の精神なのです。あなたの志が賞賛に値するものであるなら、揺らぐことのない信念をもってすればその目的は達成されるでありましょう。そしていつのときも神の御恵みを祈願するように。よろしいですかな？

――そうやってきたんだ、あたしは、信念をもって何年も何年も。残念ながら思ってるほどてきぱきと事は運んでいないのだが。市議会の愚か者たちの心の底には悪魔が住みついているんだ。

――彼らはただ思慮が足りなくて心得違いをしているだけなのです。

――あれはまさに愚者の寄り集まり。出っ腹の、神を恐れぬ、金をがっぽりかすめとる盗っ人集団ってところさ。もとはと言えば、カーロー（アイルランド南東部）やリートリム（アイルランド北部）あたりの神に見捨てられたうらさびしい田舎からひょいと飛び出してきたみみっちい連中がほとんどでね。豚飼いとか渡り職人の息子って顔触れさ。あての連中ときたらまるっきり分かってないんじゃないか、市会議員の職務の何たるかについて考えてみたこともないにきまってる。十八になるまではだしで駆けまわっていた山出しの分からず屋ぞろいなんだ。

――しかし彼らに助言する秘書かなんかがいるでしょうに。こちらはまずダブリン育ちでしょうからね。

――すれっからしのダブリンっ子なら入浴前には服を脱ぐべしなんてつまらんことまで助言する気になりゃしませんよ。こいつは冗談ごとじゃありませんぜ、ファーザー。

――そうでしょうね、ダブリンっ子というのは。あ、わたし別に冗談のつもりなんて。

砂利道をゆっくり近づいてくる足音がした。ドアの取っ手がまわる。

兄だった。ちらり見ただけでぼくには情況がのみこめた。彼の顔は赤らんでいるし、足許も覚束ない。手にはシガリーロ（細い葉巻）。激しい雨のせいですこし湿っている。

――やあ皆さん、こんばんは、と彼は愛想よく言った。ごきげんよう、ファーザー・ファールト。

まんなかの椅子に坐った彼はストーヴに向けて濡れた両足を広げる。

――たいしたもんだ、葉巻が似合う身分になったわけか、とミスタ・コロッピーが言った。ウィスキーを飲みながらファールト神父と交した丁々発止の議論に気持がたかぶっているのだろう、彼もまずまずの機嫌だ。

――そうですとも、葉巻くらい吸えるようになったんです。ちょうどファーザー・ファールトの紙巻きがパイプに格上げされたようにね。とかく悪習は伝染しがちなんでしてね、と兄は冗談めかして言った。

——ところで今夜はどんな重要任務で外出したのかね？　とミスタ・コロッピーが問いただす。

——じゃあ言わせてもらうけど、重要な一件だった。とても重大なことなんだ、この家にとって、そしてこの町にとっても。ミスタ・コロッピー、きわめて悪いニュースがあります、あんたにとって、いや、ここにいる諸君全員にとってはなはだ厳しい情報であります。来るべき週の本日——

——こりゃまたなんと大仰な。で、どうした？

——来るべき週の本日、諸君に別れを告げる。身代をつくるべくロンドンに赴くのである。

——こりゃ驚いた！　ほんとかい？　いやはや恐れ入ったね。

——ロンドンですと？　ファールト神父が言った。なるほど、なるほど。大都会ですからよい機会に恵まれるかもしれません。ただしイギリスの人たちは勤勉な仕事ぶりをよしとしていますからね。とにかくアイルランド人にはそれを期待するのです。修道会の知人があちらにもいますから、紹介状を書いてあげましょう。ファーム・ストリートって聞いたことがありますか？　でも仕事をみつけるのはさほど容易ではありませんよ。炭鉱の仕事なんかを考えているんじゃありませんか？

兄は笑い声をあげた。しんそこおかしがっている陽気な声だった。

――いえ、ファーザー、と彼は言った。もっとも炭鉱を手に入れて莫大な鉱区使用料を自分のふところに入れるってことなら話は別ですがね。

――ところで実際のところ何をするつもりなんだ、おまえ？　ミスタ・コロッピーがずばり問いつめた。

――そうだな、ここまでのところトゥリー・ストリート（ロンドン・テムズ川南岸の自治区サザックの町。ちなみに「トゥリー・ストリートの三人の仕立屋」は詭弁的な集団の意）にふた部屋借りてある。事務所にするんです。

――一体全体どこにあるんだ、それ？

――まあまあ都心といえるかな。テムズ川沿いでね。幾つもの鉄道駅からも近いんだ。警察に追われたりしても具合がいいしね。

――な、なんだって？　ケイサツ？

ミスタ・コロッピーは耳を疑った。兄はまた高笑い。

――そう、警察。あの連中はすべての駅をきっちり見張るなんてまず思いつかないだろうし、思いついたとしてもこちらには水路脱出って手もある。すっかり落ち着いたら専用の小舟を岸につないでおくつもりだ。彼らの意表をつくってわけさ。われら重要人物はすべてぬかりなく事を運ぶを旨とするってことさ。

――おまえ頭がおかしいんじゃないのか。実は前からそうじゃないかと思っていたんだが。旅の費用とむこうでの部屋代はどうなってる？　あたしを当てにしているんだったら――

――ミスタ・コロッピー、そんなつまらん話を持ち出されちゃ白けるばっかりですよ。

――あの、ちょっと、とファールト神父が口を差し挟む。わが修道会は今でもあちらで宿泊施設を提供しています。平修士たちが運営に当ってましてね、泊りはただ同然のはずです。よかったらもちろん紹介状を書きますけれど。

――金はあるのか？　ミスタ・コロッピーは強い口調で詰問する。

――あるとも、今週中に入ってくる。

――まっとうな金か？　ぺてんにかけて巻き上げたか、盗んだか、それともお人よしをたぶらかしたか、そんなけしからん手を使ったのだとしたら、いいか、はっきりきっぱり言っておく、警察沙汰になるのにわざわざロンドンまで出掛けるまでもないんだぞ。このあたしがすぐさま警察を呼ぶからな。ごまかし、ぺてん、不誠実、これこそ最も忌まわしくも嫌悪すべき所業であって、サタンが仕掛けた最悪の罠のひとつなのだ。厄病神なんぞわが家に用はない。おまえもゴールウェイ市長リンチの話は聞いたことがあろう（この市の行政長官ジェイムズ・リンチは一四九三年、自分の息子ウォルター・リンチの絞首刑を執行した）。いいか、とっくり考えてみるんだな。

――あなた厳しすぎますよ、コロッピー、とファールト神父が言った。頭から悪いとばかりきめつけるのは如何なものですかね、どうやら取り越し苦労も度が過ぎるようです。

——ここはあたしの家なんだ、とミスタ・コロッピーは苛立たしげに言った。それにあたしは人生経験が豊かだ。

——それはそうでしょうけれど、やる気十分なこの若者があなたの家に大いなる栄誉をもたらすだろうということも考えられるではありませんか。

——そう、そうなんですよねえ。

これを聞いてミスタ・コロッピーの口調がひときわ険しくなった。

——生涯をかけた大いなる目的を達成することによってこのあたし自身がこの家に大いなる栄誉をもたらすだろうよ。そうなるとこの家の壁にはあたしの功績を刻んだ飾り板がつけられるだろうし、ささやかなるわが家をひとめ見ようと世界中いたるところから御婦人がたが聖地もうでよろしく集ってくるだろう。当然のことながらその頃までにはこのあたしは天国にあって安らかに休息しているだろうが。

兄はわざとらしくあくびした。

——諸君、と彼は言った。どうもお疲れさん。ここらでひと夜の眠りを楽しみたい。ぼくの計画については明日にでもじっくり話し合うとしますか。

立ちあがった彼は覚束ない足取りで階段に向かった。ぼくたちは身じろぎもせず互いに顔を見合わせた、黙りこくったままで。

11

しばらくして寝室に行くと兄はもう眠っていた。ウィスキーのせいで正体もなく眠りこけていたのだ。翌朝、トゥリー・ストリートの件は本気なのかと訊いてみた。

——本気さ、もちろん、と兄は答えた。

——あっちで何をやるつもりなの？

——ロンドン・ユニヴァーシティ・アカデミーを開くつもりだ。通信教育方式であらゆることを教える。あらゆる疑問を解決し、あらゆる質問に解答する。いずれ雑誌を創刊し、それから新聞を出すことになるかもしれない。でも、まずは焦らず急がず事を進めなければならん。とりあえずイギリス人にフランス語習得の奥義なり霜焼け治療の秘伝なりを伝授するとしよう。もちろん有限会社にする。すでに事務弁護士に所要の書類を作成させている。大英博物館に支部を設ける予定だ。よかったらいずれおまえを雇ってやるぞ。

ありがたい申し出のように思えたが、どういうわけかすぐには乗り気になれなかった。

そっけなくぼくは応じた。

——とにかくきのう兄さんが言ってた鉄道駅についてよく知っておく必要がありそうだな。もしものときにはそこからずらかるってわけでしょ、あわてふためいて。

——つまらんこと言うなよ。ぼくはいつだって法に触れないように仕事してるんだ。それでもイギリス人たちに目をつけられるってこともあるだろうさ。とにかく捕りものについちゃぬかりなしと思いこんでる連中なんだ。なにしろお巡りのやつらがぼくを追いつめようってんで道路、鉄道、それにテムズ川にまで手をまわしたあげくぼくをぶち込むロンドン塔ってしろものさえあるんだからな。トゥリー・ストリートとは川をはさんだ向う岸にあるあの塔さ。

——ああ、あれか。あそこではたくさんの立派なアイルランド人がおつとめさせられたよね。

——然り。

——そして命を失った。

——そうだな、ひとつシリーズものを企画して売り出すとするか。「ロンドン塔脱出法」と銘打ったやつさ。全巻揃いで三ギニー（一ギニーは二十一シリング）、おまけに短刀、ピストル、縄ばしごを元値にちょっと上乗せして受講者に提供する。

——ばからしい、いいかげんにしてよ、とぼくは言った。

その日の夕方、シング・ストリートから帰ってくると、家には誰もいなかった。ぼくの食事はオーブンに入れてあるというアニーのメモが残されている。食べおわるとすぐ宿題に取りかかった。ぼくも外出の予定がある。夜は同級生ジャック・マロイの家に集ってポーカーをする約束になっているのだ。どうしてもというほどポーカーに夢中なわけではない。あそこへ行けばジャックの妹ペネロピに会えるのだ。ゲームの「ハーフタイム」でひと息入れるとき彼女はティーとケーキを出してくれる。俗に言うイカス女で、金髪、青い眼、そして笑顔がとても魅力的。正直なところ彼女はぼくに好意をもってくれてると思う。二人とも女性なのにどうして彼女とアニーはこうも違うのかと戸惑ったこともあったくらいだ。アニーは生気がなく貧弱でぱっとしない女なのだ。それでも気のいいところがある働き者ではある。なにしろミスタ・コロッピーは食べ物にひどくやかましい男だ。それに上流階級の成れの果てみたいな服装をしているのだが、大量洗濯場つまり洗濯屋を毛嫌いしている。そんなものを利用すれば間違いなく梅毒と厄介な皮膚病をしょいこむことになると思いこんでいるのだ。したがってアニーは彼のシャツその他もろもろを洗わねばならない。もっともセルロイドのカラーだけは彼が自分でやる。一日おきにお湯で洗うのである。彼のために各種の薬剤を調合するのもアニーの役目。そのどれにも硫黄がまぜてある。これらの薬がどんな病気の治療あるいは予防に効果があるのかまるっきり見当もつかない。この十八か月ほど彼女は別の仕事を兄から頼まれていて、こちらのほうはむしろ喜んで引き受けている。学生時代の早起きの習慣をとうにやめている兄は枕元から取り出したいくばくかの金をアニーに手渡して「例のもの」をと頼む。特効薬が必要なのだ。ありがたいことにアニーはそっと階段をおりて一杯のウィスキーを持ってきてくれる。

五時ごろミスタ・コロッピーが帰ってきた。まもなくアニーも。仏頂面の彼はひとことも言わぬまま肘掛け椅子にどさっと腰をおろすと書類に目を通しはじめた。兄は六時ごろ戻ってきた。何冊もの本と小包を抱えている。この場の冷ややかな雰囲気を即座に感じとった彼もまたむっつり黙っていた。夕食になった。誰も口をきかなかった。冷たく重い空気が澱んでいるような感じなのだ。この間ずっとぼくはペネロピのことを考えていた。彼女とお茶をするとなれば話はまったく違ってくる。神々にこそふさわしい香り立つ美味、はじめて知るその絶妙なる味わい、やがて炉辺でひそやかに交す甘美なる語らいはかすかに憂愁の色を帯びて。なんとかなるかな、それとも出来っこないかな、感動的なすばらしい詩を書きたいんだけれど。愛を告げ、彼女の心をときめかす一篇の詩——やっぱり無理だろうな。そのてのことをやろうったってぼくみたいな男じゃ無理にきまってる。もっとも兄に頼めばなんとかうまい手を教えてくれるかもしれない。六回くらいの通信教育でその要領を伝授してくれるんじゃないかな。もちろんこのことで兄に相談なんかしてない。へえ、ペネロピってのか、相手は？　——そう言って彼はぼくをからかい、笑いものにするだろう。たしかユリシーズの妻の名前はペネロピ。はるか彼方で戦う夫の留守の間、数多くの不逞の輩《やから》にしつこく言い寄られても不貞を働くことのなかった女性。この織物を仕上げたらすぐにでも、と彼女は言った、ふしだらでみだらなあなたがたの誘いに身を任せるかどうか考えてみると致しましょう。夜ごと彼女は昼のうちに織りあげた分を解きほぐした。織物はいつになっても仕上がることはなかった。何が彼女をそうさせたのか？　言うまでもなく深く純粋な愛情。そしておそらくはいささか狡猾な知恵を働かせて。ぼくのいとしいペネロピもこの二つの資質を持ち合わせているだろうか？　まあいいさ、夜になったら彼女に会えるのだから。

夕食のあとかたづけがすむと、ミスタ・コロッピーはまた例の書類を読みはじめた。しばらくすると急に居住まいを正し、ストーヴをはさんで向き合ったままうとうとしている兄をにらみつけた。

――おい、おまえ、聞こえるか、そこのおえらいさんよ、と彼は皮肉っぽく声をかけた。

兄は坐り直した。

――なにさ？　と彼は言った。聞こえてますよ。

――おまえダブリン市警の巡査部長ドリスコルっていう人物を知ってるか？

――警察に知り合いなんかひとりもいませんよ。お巡りには近づかないようにしてるんだ。彼らと付き合ってたらろくなことにならない。自分の手でまんまとごたごたに巻き込んだ人間の数が多ければ多いほど目ざましく昇進する仕組みになってる物騒な連中なんだ。

やつらには得意のわざがある。それを使って非の打ちどころのない立派な人物をおっそろしい窮地に引きずり込むのさ。

――へええ、ほんとかね？　で、その得意わざってのは？

――偽証。しらばっくれて白を黒と言いつのるんだ。連中はみんな田舎育ちの山出しで、そのうえお節介な二枚舌ときてる。

――ところでダブリン市警ドリスコル巡査部長のことだが――

――請け合ってもいい、やつらはケリー（アイルランド南西部、山岳・湖沼地帯）の山猿ぞろいなのさ。彼らの家では朝の六時になるとかみさんが起き出して十三人分の朝めしをつくるって寸法だ。ジャガイモ、何枚かのキャベツ、トーモロコシと塩にバターミルク、まとめて鍋にぶちこんで、はい、出来あがり、おやじにかみさん、八人のちびたちと豚三匹の朝めしだ。このての木偶《でく》の坊たちがダブリンの法と秩序を取り仕切ってるんだ。

――ところでダブリン市警ドリスコル巡査部長のことだがね。今朝がた家にやってきた。まったくのところ警官に尋問されるなんてもともと気が重いことなのに、この年齢になってこんな目にあうとはな。

――そんなときには供述なんかきっぱり断る、これが鉄則。相手の満足がいくようにたっぷり答えてやるなんてとんでもないことだ。あんたがどんな嫌疑をかけられているにしても、まず弁護士に会わせろと言ってやらなきゃ。

——嫌疑をかけられる、このわしが？　わしとはまったくかかわりのないことだったんだ。彼の狙いはおまえだったんだぞ。いろいろ探りを入れておった。どうやらおおごとになりそうだ。いいか、わしの言葉に嘘はないからな。

——狙いはこのぼくだって？　ぼくが何をしたっていうのさ？

——ある若者がアイランドブリッジから川に落ちた。頭から突っ込んであやうく溺れるところだった。病院に運ばれていった。ドリスコル巡査部長とその部下たちはこの若者と彼の不良仲間を尋問した。するとおまえの名前が出てきたのだ。

——その橋あたりでたむろしてる連中なんかひとりも知らないよ。

——じゃあ問題の若者たちはどうしておまえの名前を知ったんだ？　それにここの所番地まで知っていたんだぞ。巡査部長の話だとあの連中は表紙にここの住所が載っている小冊子を持っていたそうだ。

——その小冊子とやらの現物を見たの？

——いや。

——これはぼくを嫌ってるやつらの仕業《しわざ》だ。なにか根も葉もないつまらんことを根に持ってぼくを恨んでるような連中さ。厄介な手合いだよ、まったく。この町にはそのての連中がうじゃうじゃいる。嬉しいじゃないか、こんなところからすっきり脱け出せるなんて。これにくらべりゃ血に飢えた性悪なイギリス人のほうがずっとましさ。

——なんでもうまく切り抜けるもんだな。おまえ自分じゃ染みひとつないご立派な男と思ってるわけか。

——スラム街育ちのガキどもや山出しのデカたちが何と言い何と思おうと気にしないことにしている。

——ドリスコル巡査部長の話だと例の若者たちは命にかかわる危険きわまりない仕掛けを実地に試していたそうだ。リフィー川に張り渡した針金の両端を街灯か立ち木に固定する。そしてお調子者の若僧がなにやら特製らしいスリッパに足を突っ込む。おまえ、これどう思う？

——どうって、別に。サーカスみたいだなとは思うけど。

——そう、エンパイア劇場クリスマス興行の道化芝居「死の舞踏」ってところだな。いやはや、まったく、こんなにとんでもなく罰当りで狂想的なショーは見たことも聞いたこともない。親御さんたちに同情するよ。苦労に苦労を重ね、身を粉にして働いて育ててやったってのに、このありさまだ。年老いた身でろくな食事もとらずに息子たちの教育費をひねりだしてきたんだぜ。ぴしっと鞭打ち、昼も夜も、そのての若者たちの性根をぴしっと鍛え直さねばならん。

——それにしてもどうして川に落っこっちゃったんだろう？

——どうしてだと思う？　その若者は張り渡した針金を伝って歩き出した。半分ほど行ったところで突然こわくなり、あわてふためき、目が回ってふらつくと、まっさかさまに落っこちた。まずいことに流れてきた材木に頭をぶちあてちまったんだ。どじで間抜け揃いの仲間には泳ぎの心得があるやつなんかひとりもいなかった。近くに河川取締官が居合わせたのは神の御恵みと言うべきだろう。騒ぎを聞きつけた彼は現場に駆けつけ、通りすがりの男と力を合わせて溺れかかっている若者を川から引きあげ、逆さ吊りにして水を吐かせた。

——水といっしょに小魚も、と兄が茶々を入れる。

——この二人が現場に居合わせたのはまさに神慮のなせるわざであった。自称綱渡り天才は否も応もなくジャーヴィス・ストリートの病院に放り込まれた。いいか、おまえ、小生意気な茶々を入れてる場合じゃないぞ。今日にも謀殺か故殺の罪に問われるかもしれんのだからな。

——言ったでしょう、ぼくにはなんのかかわりもないことだって。なんにも知らないんだ。そんなことがあったなんて今はじめて聞いたよ。

——神に誓ってそう言えるってのか？

——言える。

——よくよくずうずうしいやつだ、そこにふんぞりかえってダブリン市警を、あの苦労の絶えない警官たちを偽証者呼ばわりするとはな。

――でもほんとにそうなんだもの。

――ほんとかね、でもな、もしこのわしが陪審員になろうものなら、あのアイランドブリッジの件で誰の証言が信じられるか迷いはないだろうよ。

――もしこのぼくがその馬鹿げた悪ふざけをたくらんだ張本人だと告発されようものなら、ぼくの人格に泥を塗ろうとする卑劣なごろつきどもの化けの皮を迷うことなくはぎとってやるだろうな。

――ぬけぬけと何を言うやら、まったく口の減らないやつだ。嘘が嘘を生む。嘘八百を並べ立てたあげくとんでもない偽証の泥沼にはまりこんで、にっちもさっちもいかなくなる。すると記録官か市裁判官だったか、誰にもせよその任に当る者が審理進行停止を命じて法廷議事録を法務長官に提出する。そうなるとおまえにとって事態はのっぴきならんものになる。偽証罪ならびに故意の審理進行逸脱のかどで五年は食らうだろう。こうして例のアイランドブリッジ事件の真相が浮かびあがることになる。

――あんなくだらん連中なんかどうでもいいんだ。

――どうでもいい？　ところがわしとしてはどうでもよくはないのだ。ここはわしの家なんだからな。

――いいですか、ぼくは間もなくここを出るんですからね。

――ドリスコル巡査部長が言ってたぞ、おまえに聞きたいことがあるからカレッジ・ストリート（ダブリン市警所在地）に出頭すべしとな。

——カレッジ・ストリートなんかに行くもんか。ドリスコル巡査部長なんか糞くらえだ。

——この家で下品な言葉、下種な悪口を口走ってはならん。さもないと間もなくどころかすぐさまここを出てもらうことになる。警官たちに嗅ぎまわられ付きまとわれてもわしは気にしないだろうなんて考えているのだったら、おまえ、それはとんだ思い違いだぞ。お人よしの若者をたぶらかそうとするおまえの卑劣で下劣な悪巧みを暴こうとして彼らは
——

——ばかばかしいったらありゃしない！

——おまえは金を掠め取る、奪い取る。自分で稼ぐ甲斐性もない若者たちが苦労のたえない親御さんや後見人の財布からくすねた金をおまえは巻き上げてしまうのだ！

——言ったでしょ、ぼくはアイランドブリッジにたむろしていたお人よしの若者なんか誰も知らないんだ。それにぼくが付き合ってる若者にはだまされやすいお人よしなんかひとりもいない。

——アイルランドじゅう探してもおまえくらい下劣な嘘つき野郎はいない。そうとも、まさしく見下げ果てた若僧なんだ、おまえは。わしの仕付けかたが間違っていたとするならば、神よ、どうぞお許しを。

——だったらシング・ストリートの教師たちにも文句をつけたらどうなの？　神に聖油

ならぬ泥塗られたる支離滅裂なおえらいさんばかりだからね。

――いくら言っても分からんやつだ、いいか、汚い言葉を口にしてはならん。教師たちはみな献身的なキリスト教徒じゃないか。あの高潔な先生がたをののしる卑劣なおまえの悪態でわが家を汚すことは断じて許さんぞ。

――先生なのに助修士クラッピーは僧服を脱ぎ捨てて結婚するって聞いたけどね。

――なんて小生意気な、とミスタ・コロッピーは甲高い声をあげた。おまえなんか一人前ぶってもまだ鞭打ちが効き目のある小僧っ子じゃないか。そこんところ肝に銘じておけよ。手ひどく打ちのめせばおまえの性根を叩き直せるってもんだ。

彼は激しい怒りをむきだしにしている。兄は黙って肩をすくめるばかりだった。うまいことにちょうどそのとき玄関ドアを叩く音がした。ぼくが出た。ミスタ・ラファティだった。どうぞなかへと招いた。彼はすぐには応じなかった。

――この近くまで来たもんで。通りすがりにほんの一、二分ミスタ・コロッピーに会えればと思っただけでして。

もじもじしていたが結局のところ入ってきた。嬉しいことに家のなかの険悪な空気は一瞬のうちに消え去った。ミスタ・コロッピーは坐ったままで手を差し出す。

――坐りたまえ、ラファティ、そこの椅子に。今夜の空模様はちょっとあやしいようだな。

——ええ、ミスタ・コロッピー、だいぶあやしい雲行きで。まあ荒れ模様ってところです。

——ひとくち付き合わんかね？

——いいえ、ミスタ・コロッピー、あたしのことは分かってるはずじゃありませんか。週末だけ。それがルール、鉄則でして。かみさんと約束したもんで。

——いいだろう、約束は約束、守るがいいさ。ありし日の、いや、あるがままの汝自身に忠実たれ。神の名にかけて、ひとくち頂くとしよう。体の調子があまりよくないのでね。いやまったくひどいもんなんだ。

立ちあがって食器棚に歩み寄る。

——酒はともかく何を頂きに伺ったのかお分かりですよね？

——分かっとる。ここにあるのだ。

ウィスキー壜とグラスを用意すると彼は食器棚の奥から褐色の大きな紙袋を引き出し、注意深くテーブルに置き、グラスを満たし、腰をおろした。

——この品物の名前だが、ラファティ、分かってるだろうな。

驚いたことに今度はぼくに顔を向けた。

——ほらそこの、と彼は言った。ギリシア語で水は何と言う？

——ハイドル、とぼくは答えた。ハイ・ドール（高いドア）さ。

——何かを計るってのはどうだ。ギリシア人はどう言ってた？

——メトロン。メット・ハー・オン（彼女に会った）。計測ってこと。

——ほらな、ラファティ、まあこういうことだ。テーブルにあるのは水秤《みずばかり》つまり実用液体比重計だが、打合わせどおりあんたこれをミセス・フラハーティのところに届けてくれ。これが示す度数を注意深く読み取るようにと伝えてもらいたい。土曜日の正午から二週間のあいだ休むことなく綿密に記録してほしいのだ。

——それがどんなに大事なことか、ミスタ・コロッピー、それはよく分かってますよ。ミセス・フラハーティにも十分に説明するつもりです。

——このところの御時勢では何よりも統計データが物を言う。数字、記号、百分率を次から次へと並べ立てるのさ。この件を審議する王立委員会なみのものが設立されたとしたらどうだ？　非の打ちどころのない統計データをこちらから持ち出せなかったらどうなる？　せいぜい証人席の木偶《でく》の坊ってところかな。

——いい印象は与えそうにありませんね。そりゃもう確かなことで、とラファティは言った。

——まるっきりのぼんくらってことになる。われわれは世間の物笑いの種になって誰からも相手にされなくなるだろう。そうじゃないかね？

——おっしゃるとおりで。

——ミセス・フラハーティの作業が終ったら次の二週間はミセス・クロへシィにやってもらう。

——そりゃ結構で、ミスタ・コロッピー。

——それからどうするか。出揃った統計データを比較検討する。多少の偏差があるにしてもその度合がわずかで問題にならないとしたら、新たな科学的事実が立証されるであろう。ひょっとしてそうなればの話で、はっきりとは言いきれんがね。

——はっきりそうと言いきれないんで、ミスタ・コロッピー？

——ひょっとするとそうなる。誰にも分からんことなのさ。歴史はすべてそんな具合に変ってきたんだ。ある特定の事態に着目し、それにまつわるきわめて深刻な難問を辛抱強く解決しようと志す人たちがいるとする。さて、いったいどんなことになると思う？　ひょんなことで彼らは狙いとはまったく関係のない問題の解決策にぶち当るのだ。それと同様にこの液体比重計の働きでひょっとしたら数多くの難問が解決するかもしれん。しかしながら肝心のわれらが重大関心事について改善が見られるかぎり、それはそれでよしとすべきであろう。

——謹聴、謹聴、さすがはミスタ・コロッピー。いざ出発、ミセス・フラハーティのもとへまっしぐら。

——急げ、ラファティ、神、なんじとともにいますように。金曜夜半、例の委員会にて。

――お会いします。ではこれで。

そのすぐあと、ぼくも家を出た。会合の約束がある。ペネロピに会えるのだ。

12

それからもさほど変りがない毎日が続いた。変ったといえば兄がいなくなったこと、そして、いなくなると同時にミスタ・コロッピーとのとげとげしい小競《こぜ》り合いがなくなったことくらいだ。遺憾ながら兄の旅立ちをめぐる興味津津たる一部始終は記録に留めえない。彼はアニーに力をこめて念を押していた——夜明けとともにドアをノックしてくれ、これはきわめて重要な依頼である、キングズタウン（ダブリン南郊の港町。現在ダンレアラ）発ホリヘッド（ウェールズ北西端）行き朝一番の連絡船になにがなんでも乗り込まねばならないんだ。アニーは忠実に約束を守った。しかし兄のベッドは空っぽだったし、彼の荷物は影も形もなかった。夜のうちにそっと脱け出してしまったのだ。誰かの家に行ってアイルランドでの最後の静かな眠りを楽しんだのかもしれない。いや、おそらく旅立ちを祝して仲間たちと最後のどんちゃん騒ぎをやらかしていたに違いない。面白くないことにぼくは仲間はずれにされたんだ。おかしいじゃないか、弟だということは別にしても、ぼくだって幾分かは彼の悪巧みの片棒をかついだ仲間のひとりなんだから。ふいに姿を消した兄の不可解な行動についてミスタ・コロッピーの怒りは尋常じゃなかった。はっきりとは言えないけれど、彼なりに別れの集いを催して太っ腹なところを見せたかったのではあるまいか。道中の安全を祈り、送別のしるしとして愛用の折りたたみ式カミソリあたりを贈って形をつけたいと思っていたに相違ない。なにしろミスタ・コロッピーは一席ぶつのが大好きな男で、ちょっとした集りがあるとウィスキーの助けを借りて芝居掛かった大熱弁をふるったりする。折角の芝居心を発揮する機会が無視されたわけだから、彼がつむじを曲げたのも無理はない。あいつクリスマスには帰ってくるつもりがあるのかな、と彼はさりげない口調を装って探りを入れてきた。でも正直なところぼくとしてはまるっきり分からないと答えるほかなかった。アニーはわが家で起きたこの変化などまったく気にしていないようだった。もっとも兄がいなくなった分だけ手間がはぶけることになったわけだけれど。

兄が飛び出してから三週間ほどしたある日、ぼく宛ての便りが届いた。大型の高級封筒の左隅にはL・U・Aという装飾文字が記されている（あとでアイルランド語辞書に当ってみたら面白いことにluaには「跳ねっ返り」の意味があるようだ）。畳んで入れてある便箋は厚手の高級紙で、広げるとき派手な音がした。これもまた派手な勿体ぶった字体で住所が記されている――L・U・A、ロンドン・ユニヴァーシティ・アカデミー、一二〇、トゥリー・ストリート、ロンドン。左の欄外にはアカデミーの全教科課程が上から下までびっしり並んでいる——ボクシング、外国語、植物学、家禽飼育、ジャーナリズム、透かし彫り、考古学、水泳、朗読法、応用栄養学、高血圧治療法、ジュー・ジュツ、政治学、催眠術、天文学、家庭医学、木工技術、曲芸と綱渡り、弁論術、音楽、歯の手入れ、エジプト学、痩身法、精神医学、石油掘削の手引き、鉄道工学、癌治療法、禿頭処置法、高級フランス料理、ブリッジとトランプゲーム、陸上競技、炎症性腫瘍の予防薬と治療法、洗濯屋経営、チェス、菜園、緬羊飼育、腐刻銅版法と描刻銅版法、自家製ソーセージ、古典文学、奇術早分かり。さらに幾つかの題目が掲げられているけれど、名前を見ただけでは何のことやら見当もつかない。たとえばザ・スリー・ボールズとはどんな教科なのだろう？　パンペンダリズムとは何か？　それに酸味育成ってどういうことなんだ？

さて本文は次のとおり。

「便りが遅れてすまない。おっそろしく忙しかったんだ。トゥリー・ストリートに事務所を構えたり、いろんな関係筋に渡りをつけたりで大変だった。あの日の朝、誰にも言わずに飛び立っちまったもんだから、そのあとみんなさぞかしショックを受けただろうな。仰々しい見送りなんぞ御免こうむりたかったのさ。ウィスキーを引っかけたコロッピーが柄にもなくひっそりめそめそしちゃって、そのほっぺたに涙したたるなんて図は考えただけでもぞっとするじゃないか。それにひょろっとしたファールト神父はおもおもしいラテン語で祝福の祈りを唱えだすだろうし、おまけにアニーときたら粗末なエプロンで顔を覆って忍び泣き。そのてのことは大嫌いなぼくだってこと、おまえも知ってるよな。ああいうのっていらつくったらありゃしないんだ。それにしても今度のことについて前以ておまえに打ち明けなかった点はすまないと思ってる。肝心なのはぼくが取り組んでいた計画をコロッピーに勘づかれないようにするってことだった。なにしろあの人ときたらなにかにつけて波風を立てる飛び切り奇妙な才能の持主で、どんなことにも鼻を突っ込んで、くしゃみ一発なにもかも鼻水まみれにしちまうんだ。知ってるか、彼の弟はおまわりで、ここからあまり遠くはないハンリーの警察に勤務してる。ぼくがどこにいるか彼に知れたらどうなる――いいか、おまえ、どんなことがあってもこの住所をあいつに洩らしちゃいけないぞ――もし知れたら間違いなく弟のやつがここに目をつけ探りを入れるにきまってる。もしかすると弟のほうがあの兄貴よりずっと手ごわい相手かもしれない。言うまでもないことだが、ファールト神父が教えてくれた所番地には近づかないようにしている。とにかくイエズス会士ってのは探りを入れるについちゃ警官顔負けの凄腕なんだからな。仕事の目鼻が付いて万事好調になったらおまえもこっちに来て手を貸してもらいたい。ぼくの事業は今のところまだほんの小僧っ子というところだが、うまい具合に才覚を働かせればいずれちょっとした大物になる。どんどん金が入ってくるし、おまえたちにもたっぷり行き渡ることになるだろう。それにここでの暮しはそっちより快適だ。パブだってずっとましだし、食い物もうまくて安い。ダブリンみたいに通りが物乞いだらけってこともない。どんな問題、どんな人間についての情報も一ポンドもはずめば手に入るし、二、三杯飲ませればすむってこともよくある。

「欄外にずらり並べたリストはあまり気にしないでくれ。どの題目だってうまくこなせるだろうし、もっと多くの主題、たとえば宗教的職務なんて問題を扱ってもいいと思ってる。もっともこのリストはまだ公表してない。欄外リストは一種のマニフェストと考えてもらいたい。つまり、わが事業が目指すところの決意表明にほかならないのだ。わが究極の目標は体系的知識、文化的成果ならびに文明の大衆化である。来るべき世界の構想を練り、温和にして洗練された人びとから成る社会の構築を志しているのだ。すべての人が裕福に暮すその社会には空涙で人をだます陰険下劣な連中や金と権力に目のない政治屋どもの席はない。ユートピアとまでは言わないが、すべての不必要悪、不首尾、不正行為が排除されている社会なのである。それを実現するためにまず諸悪の根源根絶に取り組まなければならない。すなわち無知、無教育、誤教育に痛撃をくらわすのだ。世間にはなにかにつけてこうと決めかねている連中が多い。人生にどう対処すべきか分からずにまごついているのだ。無知同然と言える彼らにしてもただ一点については確信を持っている——自分たちは必ず死ぬ定めにあるという確信だ。その点に関してはあえて彼らに反論するつもりはない。しかし死に至るまでの人生の時を満たす適切な方法の幾つかを彼らに示すことは出来ると思う。先週タワー・ブリッジ・ロードのパブで黒人と知り合いになった。どうやら船乗りらしい。陰気で暗い男というのが初対面の印象だった。三度ほど会ってるうちにチェスを教えてやったところ今ではすっかり明るくなって、自分は呪術を使うウィッチ・ドクターだと言い出す始末さ。パブでの知り合いといえば、ある女とひと晩飲みあかしたことがある。このあたりの通りのいたるところに佇んでいる例の御婦人たちのひとりだ。寝ましょうよと誘いをかけてきたけれど、それはきっぱり断った。彼女の喋りには訛りがあって、これはアイルランド人だなと思った。そのとおりだった。出身はシャノン川（大西洋に注ぐアイルランド最大の川）のほとりカースルコンネル。聞かされたのは女中暮しをめぐる代わり映えがしない話。威張りくさった女主人に扱き使われ、横柄で独り善がりな息子ときたら寝室を整えている彼女をベッドに引っ張り込もうとする。やがて彼女は決心した――こんなことがこのあたりでは当然の仕来りだというのなら、いっそのこと金を払ってもらったほうがましだ、と思い定めたというのだ。彼女の言い分にも多少はもっともなところがある。しかし売春の果ての実情について彼女は痛ましいくらいに無知同然。ぼくたち二人は話しこんだ。彼女の母親のこと、エリン（アイルランド）の緑なす丘のことなどを話題にしていると彼女はすすり泣きだした――もしかするとジンの酔いがまわったせいかもしれないけれど。ジンはこういった女たちお気に入りの酒なのだ。誤解しないでくれ、このぼくが毎晩パブを渡り歩いては哀れな魂の救済に努める説教師の役割を演じているなんて思ってもらっちゃ困る。ほんの時たま仕事の合間に気がむくとそうするってわけさ。なにしろ忙しくってそのての女遊びをするひまなんかないんだ。現在のところこの事務所で働いているのはぼくを含めて四人――タイピスト、事務員、それに共同経営者。彼はわが新規開発事業にたっぷり現なまを出資してくれているパートナーだ。彼の金とぼくの頭、この二つが組んでいるのだから向かうところ敵なしというわけさ。おまけに彼の母親は高級住宅地ハムステッドの豪勢な屋敷に住んでいる大した金持なんだ。彼はそこに同居してはいない。実のところ二人の仲はあまりしっくりいってない。彼女は息子をオックスフォードに送り込んで二年間学生生活を送らせたんだが、どうやらこれが不仲の遠因らしい。オックスフォード暮しはひどいものだった、と彼は言っている。署名するとき彼はM・B・バーンズと記す。クリスチャンネームは？　と彼に聞いたことがある。冒険的な新規事業のパートナーなんだから、激論を交したり時には喧嘩腰になるにしても相手のクリスチャンネームを知らなくちゃ話にならんじゃないか。彼は答えた、フルネームはミルトン・バイロン・バーンズ（いずれも英国の代表的詩人）。彼は妙に気難しいところがあるが、それはおそらくこの名前のせいでオックスフォードの無知無作法な連中に冷やかされ馬鹿にされたからだろう。たしかに陰気で暗い男だけれど、仕事の勘所は心得ていて商談なんかもそれなりにこなしている。もちろん彼自身は詩人肌の人間ではない。しかしだいぶ前に故人となった彼の父親は自分には詩才があると思いこんでいて、過去の偉大な詩人たちの栄光に敬意を表し彼らの名を息子に貼りつけるのは詩を愛する者として当然のことと考えていたようなのだ。今のところぼくたち二人の間にはいささか意見の食い違いが認められる。彼に言わせればわれわれが狙いをつける分野は広告、新聞、そして雑誌その他に絞るべきだということになる。これこそまさに前途有望、成功まちがいなしの分野と確信する彼は朝食用シリアルのコマーシャルをもじって、元気一杯、腹一杯、なにがなんでもやりぬくぞ、と妙に力をこめて言い出す始末だ。彼の言うとおりたしかに金になりそうな分野ではあるけれど、意気込んで取りかかろうにも肝心の元手がいささか心細いときてる——今のところは。当り外れの多い出版界で悪戦苦闘するよりもはるかに確実でしかもたっぷり人を楽しませる方法があるじゃないか、とぼくは主張した。たとえば四レッスン四ポンドの受講料で一万人のイギリス人に楽しいビリヤード上達法を教えるなんてのはどうだろう。でも彼の答えはそっけなかった——幸せな気分とは縁のない自分なのだから誰かを楽しませたり喜ばせたりするつもりはまったくないし、関心があるのは金もうけだけだ、と彼は言い張る。この男ちょっとばかり世を拗ねたつむじ曲がりだとは思ったけれど、まあそのうちぼく自身の堅実な考えに引き込めるだろう。ぼくたち二人は彼の母親と二度食事を共にした。聡明で感じのいい御婦人だった。いずれわがアカデミーの後援者になってくれそうな気がする。緊急の際には現なまという新鮮な血液を注入して事業の活性化に手を貸してくれるんじゃないかな。そうするのが金持の当然の役割なんだし、だからこそわれわれとしても彼らを羨んだり貶《けな》したたりしないってわけだ。金という人助け用の有力な武器を身に纏っている連中——それが金持ってもんなのさ。それと大違いなのがコロッピー。あの男ときたら年がら年中他人の邪魔をし嫌がらせをする。誰彼となくあら捜しをしては悪評を広める。なにかとくちばしを入れてはいざこざのたねをまき、親しい仲間うちでも憎しみをあおり諍《いさか》いを引き起こさせるのだ。このての男むきに私事干渉無用論あるいは精神集中法と銘打った講座を設けようかと考えたくらいだ。コロッピーには無料で受講させようって寸法さ。ぼくの下宿には初老の独身男がいる。タバコ屋をやっていて、ひまさえあればこむずかしいギリシア語を読んでるという男だ。まったくやりきれないよ、こんなのと顔つき合わせてるなんて。でもまあいいさ、そいつのタバコを買う義理はないしね。それにうまいことに下宿の女主人は、年のせいでぼけてるのか時折ぼくの下宿代を取り忘れてくれるんだ。

「ここに書いたことはすべて内証にしておいてくれ。それにこの事務所の所番地はダブリンの連中に洩らしちゃならん。すぐにまた便りをする。どんなことでもいい、そっちの様子を知らせてほしい。同封の一ポンド紙幣はそっとアニーに手渡してもらいたい。よろしくと伝えてくれよ。達者でな。」

溜息がでた。手紙はポケットに押し込んだ。まったくのところ大したことは書いてないじゃないか。

13

それから暫く悪天候が続いた。豪雨が降り注ぎ強風が吹き荒れた。とりわけて夜の冷気は厳しくてベッドカヴァーの上に外套二枚を重ねなければならなかった。しかしミスタ・コロッピーは夜毎の嵐など気にもしなかった。八時ごろになるとたいてい家を出て行くのだ。フォスター・プレイスやアビー・ストリートの町角で行われている小規模な街頭集会のはずれあたりに濡れた雨傘をかざして佇む彼の姿がよく見かけられるそうだ。この種の集会の目的なり主張なりに関心があるわけじゃない。もっぱら野次るために出向く。すべて物事は重要な順に処理すべきだという主張を実践するためにどこにでも出かけて行くのだ。たとえそれが鉄道員の賃上げ要求ストライキ決議集会であっても、彼は委細かまわず大声を張りあげて持論を主張する——市政機関の怠慢こそが諸悪の根源であり、その改革はこの国にとって最も緊急を要する課題なのである、とぶちまくるのだ。

ある雨の晩、文字通りずぶ濡れになって帰ってきた彼はそのままストーヴの前に坐りこんで一息つくとウィスキーをやりはじめた。

——お願いだから寝てくださいな、とアニーが言った。まるっきり濡れ鼠じゃありませんか。ベッドに入ったらポンチを作ってあげますから。

——気にしなさんな、と彼は陰気な声で応じた。若い頃ハーリングで鍛えたこの体、これしきのことではびくともせん。

とはいうものの、案の定その翌朝ひどい風邪をひきこんでいた彼はアニーの命令に従って数日間ベッドから這い出せない羽目になった。なにしろアニーは厳格さにかけては彼にひけをとらない女なのである。風邪が少しずつ軽くなりはじめると彼は家のなかをうろつきだしたが、足の運びが妙にぎくしゃくしている。そのうち骨という骨が痛むと訴え、やがて痛い痛いと声を張りあげるようになった。うまいことに二階のトイレに這いあがる難行苦行はやらずに済んだ。以前まだミセス・クロッティがいたころ、寝室にその設備を作りつけておいたからである。それにしても彼の体調は尋常じゃなかった。学校へ行く途中ドクター・ブレナー＝ハセットのところに立ち寄って往診を頼んでみようか、とぼくは言った。

——あれはたしかに気のいいやつだが、医者としての腕前のほうはどんなものやら。

——でもその痛みぐらいはなんとか見立てがつくんじゃないかな。

——ああ、それもそうだな。

往診してくれたドクター・ブレナーハセットは重度のリューマチと診断した。処方箋を持って薬局に行ったアニーが持ち帰ってきたのは「錠剤」と記されたラベルが貼ってある白い円筒形の容器で、なかには赤い丸薬が入っている。彼女の話では患者に次のことを守らせるべしとドクターに言われたそうだ――糖分摂取の徹底的制限、何が何でもアルコール厳禁、軽度の運動、可能なかぎり頻繁なる入浴。ミスタ・コロッピーがこれら四項目を実行したか、あるいはそのいずれかを励行したかは定かでないが、数週間もすると彼の容態は着実に悪化し、ステッキに頼るようになった。実のところいつもの肘掛け椅子からベッドまでのわずかな移動に際してもぼくの介助が必要になっている。今や彼は身障者、それもひどく怒りっぽい身体障害者になったのだ。

ジャック・マロイの家に集ってポーカーをすることになっていた。ぼくにはゲームにかこつけてちょっとした狙いがあった。ジャックの都合でゲームは午後八時半からということになった。彼は何やら用事があってそれまで帰宅できないというのだ。腕時計の針を一時間進めておいたぼくは期待に胸を躍らせながら七時半にメスピル・ロードの彼の家のドアをノックした。少しの間があってドアが開いた。ペネロピだ。

――あら、早いのね、あなた――ハスキーで魅惑的な声。

気取った身のこなしでさりげなく足を踏み入れたぼくは八時半の約束だからねと言って腕時計を彼女に見せた。

——あなたの時計、狂ってるわ、と彼女は言った。でも、どうぞ暖炉のそばに。コーヒーでもいかが？

——ありがとう、ペネロピ、あなたと一緒なら喜んで。

——ちょっと待っててね。

うまくいきそうだ、これがぼくの狙いどころなんだ。どうやらほかに人はいないようだし。ばかげた考えが頭に浮かぶ、ここに記す気にもなれないいくだらない考えが。実のところぼくはこういった場面に慣れていない。いや、まったくうぶな初心者なのだ。歴史に残る放埒放蕩好色な人びとの名前がつぎつぎに脳裏をかすめたあげく、兄であったらこういう状況にどう対処するであろうかと考えはじめていた。やがて彼女がコーヒー・ポット、ビスケット、それにしゃれたコーヒー・カップ二個を運んできた。あかりに浮かぶほっそりした彼女のベルトつきの服はこぎれいで品がよく魅惑的で、少しばかり謎めいた雰囲気がある。

——ねえ、フィンバー、みなさんどうしてらっしゃる？　何か変ったことあるんじゃない？　聞かせてよ、ひとつ残らず、すっかり話して。

——別に何も。

——そんなはずないわ。あなた何か隠してる。

——まさか、そんな。

——アニーはどうしてるかしら？

——相変らず元気にやってる。変ることがないひとなんだ。まったくのところ着てるものにしてもいつだっておんなじ服だしね。でもミスタ・コロッピーのほうは気の毒なことにリューマチで苦しんでいる。すっかり参っちまって廃人同然、体の自由が利かない自分にひどく苛立ってる。二、三か月前には夕方になるといつも外出していてね。雨の晩なんかずぶ濡れになっても平気だったんだから、リューマチ患うのも身から出た錆ってところさ。


——ほんとにお気の毒ね。

——お気の毒なぼくのほうはどうなの？　家にいる間はずっと看護人の役割を引き受けなくちゃやならないんだぜ。

——まあ誰にしてもいつかは助けを必要とするものなのよ。あなただって自分で用が足せない年寄りになるかもしれないでしょ。そうなったらどうするの？

——そんなの考えたくもない。たぶんガスオーブンに頭を突っこむだろうな。

——でもひどいリューマチだったらそれさえ出来ないじゃない。体をかがめたり腰を曲げたりするのも無理なんですもの。

——頼んだら来てくれるかな、そして、ぼくが頭を突っこめるよう手を貸してもらえないだろうか？

——いやよ、フィンバー、そんなひどいこと。でもまあ行ってあげるわよ。

——何をしに？

——看病するために。

——おやおや、そりゃなんとも御親切なことで。

彼女は声をあげて笑った。冗談めかして言いはしたが、実のところあふれんばかりの思いをなんとか伝えたかった。でもあからさまに真情を吐露するのは性急すぎるような気がしたのだ。

——つまりこういうことなの？　とぼくはほほえむ。重い病気で苦しんでなきゃ会いに来てくれないんだね。

——そんなことないわ、フィンバー、と彼女は言った。でもね、ミスタ・コロッピーに会うと思うと気が進まなくて。あの人ったらいつかあたしを「礼儀知らずの小娘」ってきめつけたのよ。通りすがりにおじさんの靴ひもほどけてるわって教えてあげただけなのに。

——いつもはいてる編み上げ靴のひもってことだね、とぼくは念を押した。ミスタ・コロッピーなんてくたばっちまえ。

——まあ、まあ、なにもそんな。

——でも、いらいらするんだ、神経に障るんだよ。

——家にばっかりいるからそうなるのよ。あまり外出しないんでしょ、あなた。ダンスパーティなんかに行ったりしないの？

——ああ。ダンスはまるっきりだめなんだ。

——あら、かわいそうなひとね。あたし、教えてあげてもいいけれど。

——うれしいな、ぜひ。

——そうなるとまずどこかから蓄音機を借りてこなくちゃ。

——それならなんとか都合をつけられると思うけど。

こんなふうに他愛もない会話がさらに取り留めもなく続いた。

思い切ってぼくは彼女の手にそっと触れた。彼女はその手を引っ込めなかった。

——この手にキスしようとしたら、あなた、どうする？

——なによ、急に！　そうね、この家が崩れ落ちるくらいとんでもなく大きな声をあげるかもしれないわ。

——でも、どうして？

——ほらあれよ、わかるでしょ、あなた。

たしかに声が、ここではなく玄関ホールのあたりで。ジャック・マロイだ。仲間二人を引き連れている。外套を脱ぎながらとんでもなく大きな声でしゃべくっている。なんということだ、高まり高ぶった思いを鎮め、カード・ゲームに切り換えねばならぬとはまさに運のつきというものだ。

妙な巡り合わせでその晩ぼくは十五シリング勝ち取った。みんなと別れてひとり歩きながらぼくはペネロピとの件は心残りだが総じて今晩の首尾はまあまあだったなとほくそ笑んでいた。帰りにはウィルトン・プレイスわきを通った。街灯も少ない三角形の暗くひっそりとした一郭で、人通りはほとんどない。このあたりは最下級の売春婦と女を求めるむさくるしい男たちのたまり場ということになっている。五、六人の見るからに卑しげな連中が暗がりにたむろしてひっそりくすくす笑っていた。ぼくが近づくと彼らは急に黙りこくった。通り過ぎて二ヤードほども離れたとき、ぽつんとひとことぼくの耳に入ってきた。誓ってもいい、聞き覚えのある声だ。

——まあそんなところかしら。

ぎくりとした。思わず足が止まった。でもすぐに歩きだした。それまでずっとペネロピのことだけを考えていたのだが、あのひとことでぼくの心は乱れに乱れ、さまざまな思いが脳裏に渦巻いた。このセックスというやつはいったい何なのだ？　性的魅惑とはどういうことなのだ？　下劣、猥雑なものにすぎないのか？　夜もふけているのにアニーは何をしていたのだろう、碌でなしの若僧たちと暗がりで？　このぼくだってつまりは同類じゃなかろうか、美しく清純なペネロピの耳にずる賢い言葉をそっと吹き込んだりして。正直なところぼくの胸の奥底には小汚い下心がとぐろを巻いていたのかもしれない。よこしまな振舞いに及ばなかったのは機会に恵まれなかっただけなのだ。

キッチンには誰もいなかった。外出する前にぼくはミスタ・コロッピーに手を貸してベッドまで連れて行ったのだった。帰ってくるアニーとキッチンで顔を合わせたくもなかった。便箋と封筒を持って二階の寝室に入った。

灯りをつけたままベッドに横になり長いこと物思いにふけった。それから兄宛てに手紙を書き、内々の出来事を詳しく報告することにした。まずミスタ・コロッピーの最低最悪な体調。次にアニーに関する衝撃的な情報。結びの署名をする前に筆を止め、ペネロピとの一件にさりげなく触れておくべきか否かについて熱っぽく思い悩んだ。しかし、ありがたいことに、理性が熱い情念を冷やしてくれた。その件にはひとことも触れず、署名し、封をした。

14

間もなく兄からの返信と小包が届いた。まず手紙を読んだ。内容は次のとおり。

「手紙を受け取った。ありがとう。いささか驚くべき情報だな。

「きみが書いてきたところから判断すると、コロッピーは間違いなくリューマチ性関節炎——それもおそらく多発関節炎を患っているようだ。彼をうまく説得して患部を見せてもらえたら関節が紡錘状にふくれあがっているのが分かるだろう。手、足、膝、足首それに手首の関節炎に悩まされているはずだ。おそらく発熱を伴っているだろうからベッドでの絶対安静がなによりも望ましい。リューマチ性関節炎の悪影響は概して歯に出ることが多くて歯肉部における歯槽膿漏を発症させる。したがって彼としてはハナフィンの馬車を利用して歯科医を訪ねるべきなのだ。しかしながら幸いにもわがアカデミーは当該疾患の特効薬を開発したところだ。服用法を順守するならば卓効ある新薬である。別便にてわが特製「豊満重水」一壜を送る。きみの責任において毎食後tスプーン一杯分をきちんと彼に与えてほしい。朝きみが家を出る前に最初の一回分を飲ませ、学校から戻ったら昼の分について彼に確認し、夕食後にも忘れずに服用させるのだ。この治療薬の重要性および規則正しい服用の必要性についてアニーにも話しておいたほうがいいだろう……」

ここまで読んでぼくは小包を開けた。何重もの包み紙のなかから大きな壜が姿を現した。けばけばしいラベルに記されているのは——

豊満重水

悪名高き難病リューマチ関節炎を
一か月以内に完治せしむる奇跡的特効薬。
服用——日に三回、食後tスプーン一杯。
ロンドン・アカデミー研究所謹製

まあ試してみるだけのことはありそうだな、とぼくは考えたけれど、すぐさま壜を水に浸し、ラベルをはがし取った。この出どころに兄がからんでいると知ったら、いや、そう勘づいただけでも、どう仕向けたってミスタ・コロッピーは手も触れないのは分かりきっていることなのだから。それからまた手紙の先を読みはじめた。

「まったくあきれた話だ、アニーが運河あたりのごろつきどもと付き合ってるなんて。あいつらは薄汚ない瘡《かさ》っかきばかりだから早くやめないと必ず例の病気をもらうことになる。きみにしてもぼくにしてもなんとも言えないところだが、彼女は抜け目も手抜かりもないしっかり者なのだろうか、それとも、無知で無邪気なまったくのおぼこなんだろうか。セックスをめぐる厳然たる事実を彼女は心得ているだろうか。分かってるのかな、性病やら妊娠のこと。私生児が目の前にひょっこり現れたらコロッピーの関節炎がすっと軽くなっちまうなんてとても考えられないがね。

「彼女に性病の疑いありとはきみも確言していないわけだが、たとえ十分な疑いがあるにしても遠く離れたぼくがじかに調べもしないで診断を下すのはきわめて困難だ。ぼくの考えでは鼠径部肉芽腫は除外してもよかろう。これは赤色潰瘍を生ずる性病の一種だ。明確な症状は衰弱の急速な進行による顕著な肉体的消耗であって、多くの場合極度の悪液質状態に陥り、ついには死に至る。熱帯地方特有の疾病であって、罹病者はおおむね黒人に限られる。まずこれは考慮に入れる必要はあるまい。

「同様にきわめてまれな症例であるから性病性リンパ肉芽腫すなわち第四性病の可能性は無視しうるであろう。これはリンパ腺およびリンパ節疾患であって、鼠径部に焼けるような痛みを伴う幾つもの横痃すなわちよこねが発症する。発病要因はウィルスであるが、その結果として頭痛、発熱、関節炎にも悩まされることになる。しかしながら性病性リンパ肉芽腫もまたほとんど黒人に限ってみられる症例である。

「もしもアニーが感染しているのであれば、淋菌性ヒアリン膜症に悩むおそれが多分にあるとしなければならない。女性の場合、初期症状はそれと気づかぬほど非常に軽いのであるが、病原菌の侵入はやがて深刻かつ重篤な病状をもたらす。すなわち通例は発熱を伴う骨盤内炎症疾患を発症することになるのである。留意すべき合併症として心内膜炎、髄膜炎、皮膚病などがある。淋菌性心内膜炎は死に至るおそれある疾病である。

「もちろん、さらに恐るべき悪疾がある。それは嫌気性スピロヘータすなわち梅毒トレポネーマとして知られているウィルスによる疾患である。発疹、口腔内病変、リンパ腺腫、頭髪脱毛、炎症性眼疾、肝臓異常に起因する黄疸、痙攣性障害、聴覚障害、髄膜炎などを発症し、時には昏睡状態に陥る。最も重篤な最終段階に至ると多くの場合、問題は心臓血管にかかわる。すなわち心臓周辺の胸部大動脈に異変が生ずるのである。伸張性組織は働きを失い、動脈は拡張し、嚢状膨張すなわち動脈瘤が形成される。かくて死は突然に訪れる。突然死、いわゆるポックリ死に見舞われるのである。さらにG・P・Iすなわち進行性全身麻痺、脊髄梅毒、さらには身体諸器官の全面的汚染などの悪しき結果がもたらされるであろう。これに関連してわがロンドン・アカデミー研究所は「愛の子守歌」と名づけた新薬を市場に出している。問題の病毒に感染していない者がこの特効薬を服用した場合には痙攣および眩暈を惹き起こす。したがって確認もしないままアニーに投薬するのは賢明ならざる処置と言うべきだろう。

「結局のところぼくからの助言は次のようになる、すなわち、彼女を細密、厳密な観察下に置き、何らかの症状を察知したならば直ちにぼくに報告すること、現段階においてはこれが最も妥当な対応策であろう。きみとしても何か予防策めいた効果的な手を打てるんじゃないかな。たとえばあの運河沿い一帯の状況はまさに不道徳のきわみだとさりげなく言ってみるのさ。あのあたりをうろつく男や女はまぎれもない梅毒病みで、メチルの安酒で酔いつぶれ、道いっぱいにへどをぶちまける。おかげでキリスト教徒たるものはあのへんを散歩するのもはばかられる始末とかなんとか言って聞かせるんだ。ついでにこう付け加えておくのもいいだろう、これからダブリン市庁宛てに手紙を書いてあそこでうろついてる連中は即座に逮捕せよと提言するつもりだと話してやるのさ。ああみえてもアニーは一筋縄ではいかない抜け目ない女かもしれないけれど、いざとなればきつい脅しにはけっこう弱いんじゃないかな。それから、そう、きみが知ってることをミスタ・コロッピーに話しといたらどうだ。父親であればこういった深刻な問題について実の娘とかなり率直に話し合えるだろうからな。もしもアニーが世間知らずでこういったことに全くの無知であるとしたら、なおさら話して聞かせる必要がある。そうするのは親たる者の務めなんだから。ミスタ・コロッピーに打ち明ける方策をきみがよしと思うようなら、当然ファールト神父にも相談することになるだろう。とにかくこれは明らかに信仰にかかわる問題なのだから。当事者としてのきみがいわゆる言い出しっぺになるのは気が進まないようなら、ぼくがここからミスタ・コロッピーなりファールト神父なり、あるいはこの両者宛てに手紙を書いてやってもいい。ぼくに伝えられた情報（情報源は明らかにせず）を告知し、予防ならびに／あるいは治療に関して何らかの処置がとらるべきであると要請する書簡を送りつけるつもりだ。

「しかしながら、アニーがかりそめにも厄介な立場にあるか否かさえ定かでない以上、きみが油断なく看視し続けるのが最善の策であろう。何らかの症状あるいは不測の事態の発生を認めた場合には即刻ぼくに報告することとして、当面は静観するがよかろう。」

やれやれ、なんとも大仰で長たらしい手紙ではあるけれど、結びの言葉についてはぼくも納得した。要するにぼくは手紙の内容をきれいさっぱり頭から払い落とし、ひたすらミスタ・コロッピーのリューマチに心を打ち込んだのである。

15

　ぼくは頃合いを見計らって壜詰め豊満重水をミスタ・コロッピーに差し出して、これは友人の薬剤師から手に入れたリューマチ治療薬だけれどその効果は奇跡的だそうだ、と言った。それからテーブルスプーンを取り出してこの大さじ一杯分を必ず日に三回、食後に服用するようにと伝えた。そして、飲み忘れしないようぼくからも注意するからね、と念を押しておいた。

——はて、どうしたものかな、と彼は言った。塩分がまじっているとまずいんだが。

——いや、問題ないと思うよ。

——カリウム塩とかナトリウム塩なんかはどうだ?

——心配ないさ。おもな成分はビタミン類のはずだからね。言ってみれば血液活性剤というところかな。

——ああ、なるほどね。そりゃもちろん肝心なのは血液なんだ。血液ってのは時計のゼンマイというところだものな。血の気が薄くなるとゼンマイがゆるんだ時計みたいなもんで、ありとあらゆる腫れ物やら吹き出物に悩まされることになる。それにかさぶた、かいせんなんかも。

——それからリューマチもね。

——それにしてもその薬剤師とはいったいどこの何者なのだ？

——それは、あの……ぼくの友人で、ドネリってやつさ。ヘイズ・カニンハム・アンド・ロビンソンで仕事している。もちろん薬剤師免許を持ってる男だよ。

——なるほど、なるほど。思い切ってやってみるとするか。まだ完全に動けなくなったわけでもないし。別に害にもならんだろうからな？

——別にまったく。

その場で彼は最初のテーブルスプーン一杯分を飲んだ。こうして一週間が過ぎた。だいぶ気分がよくなったと彼が言っているので、ぼくは飲み忘れだけはしなさんなと改めて強く念を押した。それからは壜がからになる前にぼくが兄に手紙を書いて新しいのを送ってもらっていた。

こうして六週間が過ぎた。ぼくは病人の身のこなしに妙な異変があるのに気付きはじめた。動くのがひどくつらそうで、よたよたしているし、歩くたびに床がみしみしきしむのだ。ある晩ベッドに入っていたぼくはとつぜん夜のしじまを破るすさまじい物音にとび起きた。どうやらキッチンわきの彼の寝室で何かが崩れ落ちたらしい。ぼくは階段を駆けおりた。見るも無残なベッドの残骸に埋もれた彼が口をぱくぱくさせている。マットレスを補強している針金がミスタ・コロッピーの夜間排尿過多（すなわち、おねしょ）によって錆び付き腐食したせいで彼の体重に耐えきれなくなった模様である。

——いや、なんてこった、まったく、と彼は金切り声をあげた。こりゃなんともひどいもんじゃないか？　さあ手を貸してくれ。

言われたとおりにした。難事業だった。

——どうしてこんなことに？　とぼくは尋ねた。

——どうもこうもあるもんか。見てのとおりさ、なにもかもわしの重みで崩壊したのだ。

——キッチンの暖炉はまだ火を落としてない。さあ、外套をはおってあそこで休んでいてよ。これを運び出して別のベッドを準備するから。

——けっこう。かかる惨事は当然のことながらわしに大いなる衝撃を与えた。思うに事態はウィスキー一口あるいは二口の摂取を要するだろう。

不承不承もいいところながら、ぼくはベッドを解体し、その断片を廊下の壁ぎわにまとめた。それから兄のベッドを分解してミスタ・コロッピーの部屋に運びこみ、元通りに組み立て直した。

——準備完了、とぼくは告げた。

――いやまったく、恐れ入ったはやわざ、みごとなもんじゃ、と彼は言った。まずはこの寝酒を飲みほすとするか。しかるのち直ちに寝室に赴くとしよう。おまえは自分のベッドに戻るがよかろう。

翌日は日曜だったが、ぼくは隣の家から体重計を借りてきた。やっとのことでミスタ・コロッピーをその計量台に立たせると、指針が示した彼の体重はなんと二十九ストーン（一八四・一五キログラム）！　びっくり仰天、度肝を抜かれた。念のためぼくは自分の体重を計ってみた。体重計に狂いはなかった。驚くべきことにミスタ・コロッピーの体つき、背恰好は以前と少しも変っていないのである。彼の異常な体重増加の原因はひとえに兄の豊満重水にありと考えざるをえなかったので、取り急ぎ兄に手紙を書いてこの緊急事態を報告した。兄からの返信もまた驚くべきものであった。すなわち――

「驚くべき事態の発生はきみがいるウォリントン・プレイスに限ったことではない。当地においても起こりつつあるのだ。先週ぼくのパートナー、ミルトン・バイロン・バーンズの母親が死んだ。昨日彼女の遺言書が明らかにされた。それによれば彼女は息子すなわちわがパートナーに家屋敷と現金およそ二万ポンドを与えている。そのうえこのぼくに五千ポンドを遺贈してくれるとのことだ。五千ポンドだぜ！　すごいと思わんか？　これぞわがアカデミーを祝福する神の御恵みにほかならぬ。

「ミスタ・コロッピーに関するきみの報告についてはきわめて遺憾に思っている。異変の原因は明々白々――過剰服用。壜のラベルに記されている〈tスプーン一杯〉は〈ティースプーン一杯〉すなわち茶さじ一杯の意であって、〈テーブルスプーン一杯〉すなわち大さじ一杯ではない。豊満重水は適切に投与されるならば、妥当なる体重漸増をもたらすよう慎重に調合されており、かくして獲得されたる適度の体重調節ならびに良好なる関節調整によってリューマチ性関節炎改善が達成されるのである。

「きみの報告にある驚くべき体重超過は遺憾ながら豊満重水に起因する必然的不可逆的結果であって、解毒剤は存在しない。かかる状況において頼りになる存在は神のみである。わが遺産相続に関して感謝の微意を表するとともに不運なるミスタ・コロッピーへの慰謝の念をこめて、ぼくは彼およびファールト神父をローマ巡礼の旅に誘おうと思い立った。現教皇、聖ピウス十世（在位一九〇三―一四）はまことに高貴にして聖なるおかたであるからして、奇跡によってミスタ・コロッピーの体重を本来の状態に復させたまえと懇願するのはいささかかたりとも僭越な所業ではあるまい。それはさておき、この旅行は身体を活気づけるものとなるだろう。ぼくのつもりではロンドンから地中海のオスティアまでの船旅を予定している。永遠の都からほんの六十マイルばかりのところにある港だ。あの二人の巡礼者にはきみから然るべく話して、パスポートなど旅支度にすぐ取り掛かるよう伝えてもらいたい。

「きみとしては豊満重水投与を中止するのは当然のこととしても、この巡礼の真の目的まで明らかにするには及ぶまい。一週間かそこらしたらまた書く。」

16

いつもながら素早く事を処理する兄の手際のよさは今回も直ちに発揮された。ミスタ・コロッピーがやおら動きだすまでもなくだしぬけにパスポート申請書類が彼の手許に届いたのである。言うまでもなく兄が手配したのだ。ファールト神父には兄からなんの連絡もなかった。神父はすでにパスポートを取得しているはずだ。さもなければ外国生れの彼がアイルランドにいられるわけがないのだから。二、三日してぼくは書留小包を受け取った。ミスタ・コロッピーとファールト神父のビザ申請書類が入っており、直ちに所定の記入をすませてロンドンの兄宛てに返送せよとのことだった。書類のほかにかなりの額の現金と手紙が同封されている。その手紙を読むと――

「同封のビザ関係書類にそれぞれ署名してもらったうえで四十八時間以内に当地のぼくに届くよう取り計らってくれ。コロッピーがまだパスポートの用意をしていないようなら、きみ自身があれこれ必要な手続を代行してやってくれないか。なんなら写真屋を家に呼んで撮ってもらえばいい。九日後われわれ一行はモラヴィア号でティルベリ（ロンドン東郊、テムズ川に臨む港町）を出航する。ちょっとした手違いをやらかしたり、わずかばかりの金を惜しんだりして予定を狂わせたくない。聖職者旅行許可については心配の要なしとファールト神父に伝えてくれ。ぼくのほうから英国イエズス修道会管区長に話をつけておいたので、承認する旨の書簡がダブリンの修道会本部に届いているはずなのだ。

「ローマ近郊オスティア港行きファーストクラスの切符三枚はもう手に入れてある。ノータ・ベネ（よく注意せよ）。オスティアの大司教は職権によって枢機卿会（教皇を選出しその諮問機関となる）を代表する人物である。われわれの目的は教皇聖下に私的に謁見することであるからして、オスティアにおいて大司教と接触できるならばなんとか力になってくれるかもしれない。ファールト神父なら彼と話をつけるのに役立つ情報を持っているだろう。

「謁見に臨むには正装着用が必須であるが、その点についての心配はいらないとコロッピーに伝えてくれ。このロンドンかあるいはローマに着いてからぼくが彼の礼服を整えることにする。

「オテル・エリート・エ・デゼトランジェに二部屋予約してある。駅に近い大きなホテルで、その二階の続き部屋をとったんだ。エレベーターもある。ファールト神父は別行動になる。あの連中のホテル滞在は許されていないからな。イエズス会の寮かなにかに泊ることになるだろう。

「紙幣で百二十ポンド同封してある。ダブリン・ロンドン間の旅費としてコロッピーとファールト神父それぞれに四十ポンド、彼らを出発させる際の諸雑費としてきみに二十ポンド、それからぶつくさ言わずに留守番してくれるよう二十ポンドをアニーに。彼女には例の運河あたりに近づかないよう注意しておいてくれ。父親が重要な精神的務めのため海外に出ているのを忘れなさんなと言ってやるんだ。

「きみは次の手順で事を運ぶことになる。すなわち、七日目の夕方にはハナフィンに声をかけ、ウェストランド・ロウ駅に一行の馬車を乗りつけ、キングズタウン行き連絡列車に滑り込む。この困難な移動作業に際してコロッピーを介助し、必要とあれば彼を背負って運ぶポーターその他にはけちけちせずにたっぷりチップをはずむべし。きみにしても彼を連絡船に乗船させる難事業に備えてウィスキー半パイントほど準備しておくがよかろう。ただしファールト神父に頼んでコロッピーの船上大酒摂取はなにがなんでも制止してもらいたまえ。なにしろ船旅についてはほとんどなんの経験もないコロッピーのことだからおそらく船に酔うだろうし、そんなときすでに酒に酔っているとしたら、とんでもなくおぞましい事態になる。

「八日目の早朝、ユーストン(ロンドンの主要駅の一つ)で諸君を出迎える。当方の旅行準備は万全。

「以上のこと精確かつ確実に実行してもらいたい。万が一、何らかの遅滞が生じた際は直ちに当方宛て電報を打つべし。」

かくして計画は実施に移された。

まずミスタ・コロッピーに服を新調するようさりげなく助言した。旅行用に厚手のものとローマの気候にふさわしい軽い服の二着だ。彼は新しい外套購入については断乎として拒否し、まだしっかりはしているがなんとも古臭いしろものを引っぱり出してきた。彼が言うには最初の結婚のときに着用したものだそうである。（外套姿で結婚式に出た男の話なんかそれまで聞いたこともなかったのだが。）ファールト神父は大陸生れだけあって万事心得ている。ぼくの助言などまったく必要なかった。彼は教皇聖下に直接お目にかかれるという期待に胸おどらせ、今はまだその見込みがあるというだけなのに、すでにすっかり段取りがついていると思いこんでいるみたいなのだ。もしかしたら彼は所属する修道会の謎めいた活動組織に働きかけていたのかもしれない。なにしろあの組織の影響力は教皇さえも動かしうるのだから。

七日目の夕刻、旅支度を整えた二人はキッチンのいつもの場所に腰をすえ、いつものようにウィスキーを味わいながら、だいぶ御機嫌の様子だった。珍しいことにアニーまでがいささか興奮気味に声をかけてきた。

――お弁当にハム・サンドでもつくりましょうか？

——おいおい、なにを言いだすやら、とミスタ・コロッピーはしんそこ心外といった口調だ。あきれたもんだね、わしたち二人そろって動物園に遊びに行くところだと思ってるのか？　それともレパーズタウンの競馬場に行くとでも？

——でも、おなかがすくんじゃないかと思って。

——そうさな、とミスタ・コロッピーは勿体ぶって言った。さよう、そういうこともありうるだろうな。しかしながら空腹に対処する周知の方策がひとつある。どんなものかお分かりかな？　最高最良の食事。サーロイン、ローストポテト、アスパラガス、サボイキャベツ、それにセロリソースたっぷり。その前に、もちろん、フレンチロールを添えたマッシュルーム・スープ。そして選りすぐりの赤ワイン。こんなところですかね、ファーザー・ファールト？

——コロッピー、その献立だと取合わせがだいぶ片寄っているようですな。

——そうかもしれない。でも、滋養分はたっぷりですよね？

——まあそれで体をこわすこともないでしょうよ。

——それにしても死んだおふくろの手料理ときたら。あれで体をこわすなんてあるわけもなかった。いやまったく——小麦粉で作ってくれた薄焼きケーキ！　あれに蜂蜜をひとたらしすりゃ、それだけでもう大した御馳走だった。

——命あるものにして身の程を心得た食事をするのは動物だけなのです、とファールト神父が言った。人間というものはおおむね過食のせいで命を縮めています。

——もちろんスラムの住民を別にすればばってことですよね、とミスタ・コロッピーは言い添えた。

——ああ、そのとおりです、とファールト神父は悲しそうに応じた。あのあたりでの災いのもとは安酒です、いや、それどころかひどいことに——メチルアルコール入りの安酒。神よ、彼らを哀れみたまえ。

——考えてみれば、彼らだってわれわれより恵まれているところがありますよね。鉄のように頑健な体を授かっているんですからな。

——そう。しかしさすがの鉄も酸には弱い。あの貧しい人たちのなかには髪油を買いこんでいる者もいるようです。もちろん髪の毛のためじゃない。それを飲むのです。

——なるほど。ああそうだ、ファーザー、あなたのグラスをこちらに。これは髪油じゃありませんぜ。

彼が心して美酒を注いでいるとき、ノックの音がした。ぼくはさっとドアをあけ、ミスタ・ハナフィンを迎え入れた。

——こんばんは、だんながた。彼はストーヴをかこむ二人にほほえみかけた。

——やあ、ハナフィン、とミスタ・コロッピーが言った。ちょっとそこに坐りたまえ。アニー、ミスタ・ハナフィンにグラスを。

——大海原越えの旅に今晩お発ちってわけで？

——そのとおり、ミスタ・ハナフィン、とファールト神父が言った。大陸では重要な仕事がわたしたちを待っているのです。

——そうなんですよ、ミスタ・ハナフィン、とぼくは言い添えた。きっちり四分間でそれを飲みほしてください。ぼくはこの予定表の時間厳守をまかされているんです。四分後にわれわれはウェストランド・ロウ駅にむかって出発。

ぼくの声は有無を言わせぬ命令口調であった。

——こう言っちゃなんですが、とミスタ・ハナフィンが言った。おふたりさんがこんなに元気そうなのって見たことありませんぜ。着てるものもばりっときまってるし。ミスタ・コロッピーの血色のいいことったら湯からあがったみたいだ。

——あがってるのはわしの血圧さ、とミスタ・コロッピーはおどけて切り返した。

ぼくは四分間の時間制限を厳守した。時間がくると直ちにわれわれはミスタ・コロッピーを時代がかったきつめの外套に押しこむという困難な作業に着手した。それが完了すると、ミスタ・ハナフィンとぼくが手を貸すというよりはむしろ引きずるようにして彼を馬車まで連れていき、ファールト神父の協力も得て彼を後部座席に引き揚げることに成功した。彼が仰向けに席に倒れこんだとき、スプリングは悲鳴をあげた。間をおかずに老馬マリウスがのろのろと、しかし精一杯のトロットで走りだし、十五分後にはウェストランド・ロウ駅に到着したが、そこからプラットフォームに出るには長い階段をあがっていかねばならない。

――すぐ戻るから、ここで待っていて、とぼくは言った。

階段をあがったぼくはまだほとんど誰も乗っていない連絡列車のそばに佇んでいるポーターに歩み寄った。

――ねえ、ちょっと、と声をかけた。下の馬車にいる男のことだけれど、体がずっしり重すぎて自分ひとりじゃこの階段は無理なんだ。あんたと仲間とふたりで手を貸してくれたら、ひとりあたま十シリングだすんだが。

きらり目を輝かせた彼は大声で同僚を呼び、ぼくたち三人はすぐ階段を降りていった。ミスタ・コロッピーを馬車から引き出すには腕力もさることながらまずは巧みな段取りをつけなければならなかった。ともあれ間もなく歩道にかろうじて立った彼は息を切らし、ぐらぐらよろよろしていた。

――さて、ミスタ・コロッピー、とぼくは言った。この昇り階段は最大の難関です。ここにいるぼくたち四人であなたをかつぎあげますからね。

――いや、まったく、と応ずるミスタ・コロッピーの声は穏やかだった。聞いたところによれば、かつてローマの大広場では金色の衣装をまとった皇帝をみんなしてかつぎまわったそうじゃないか。

彼の肩のところに配置したポーターたちにはそれぞれ腋の下をしっかと支えさせ、ミスタ・ハナフィンとぼくは荷車の前に突き出した二本棒つまり轅《ながえ》を握る要領で足を一本ずつ受け持った。後方でふんばるポーターたちはあまりの重さに強烈なショックを受けている模様だが、それでもわれわれは敢然と登頂作業に取り掛かり、かつぎあげた超ヘビー級の体位を可能なかぎり水平に保持しながら思ったよりも容易に難関を突破した。ファールト神父は先駆けとなって先客のいない一等車のドアを開けて控えている。かくてミスタ・コロッピーはぬかりなく車輛の床に据えられた。まことに満足げな様子の彼は、あたかも彼自身が何か驚くべき偉業を為し遂げたかのように、喜びの色を満面に浮かべている。ぼくが乗車券を買っているあいだに、ミスタ・ハナフィンは手荷物をとりに駆けおりていった。

発車までおよそ四十五分ある。三十分前になるとわれわれのコンパートメントにも乗客が入ってきた。ぼくは小さなグラスを取り出し、いぶかしげなミスタ・コロッピーにそれを手渡した。それから尻ポケットから平たいハーフ・パイント壜を抜き出す。

——前もって水でちょっと薄めてあるから、ひと口やる分には問題ないでしょうよ、とぼくは言った。

——ああ、これぞ諸聖人の有難きおぼしめしなり、とミスタ・コロッピーがはしゃいだ声をあげる。こんな話、聞いたことありますか、ファーザー・ファールト？　一等車でウィスキーをやりながら聖地もうでの旅をして教皇聖下の足元にひざまずけるってわけですぞ！

——飲むにしても度を過してはなりません、とファールト神父の生真面目な声。人目を引くようなことは控えて頂きたい。

列車がキングズタウンの連絡船のそばに停車すると、ぼくはまた例のとおりポーター二人と話をつけ、ミスタ・コロッピーを彼の希望に応じて食堂に運びこんだ。彼は御満悦の様子だが、すっかり疲れていたぼくは彼とファールト神父にこれで失礼しますと告げた。

——ごくろうさま、あなたに神の御恵みがありますように、とファールト神父が言った。

——戻ったらアニーに伝えてくれ、とミスタ・コロッピーが言った。わしのベッドのすみっこに汚れた靴下が二足押しこんである。洗って、穴を繕っておくように。

——了解。

——それからラファティが液体比重計の件を問い合わせてきたら、その器具の順送りをきちんと守るように言ってくれ。いいか、メモしておけよ。次はサンディマウントのミセス・ヘイズ。その次はハロルズ・クロスのミセス・フィッツハーバート。いずれも彼の知合いだ。わしはこの順送りがすむ頃までには戻っているはずだ。

——わかった。それじゃまた、元気でね。

こうして彼らは旅立った。道中どんな様子だったのか？　その子細は兄からの手紙数通が明らかにしている。以下それを披露する。

17

彼らが出発しておよそ三週間たった頃、兄からこんな手紙が届いた。

さて、われわれはここローマのオテル・エリート・エ・デゼトランジェに投宿している。この地での春の訪れは早く、すでにかなり暖かい。

オスティアに至るモラヴィア号の船旅はたいした事件もなかったし、ぼく自身も大いに楽しんだ。なにしろあれほどたらふく飲んだことはこの何年もなかったくらいだからな。あの船で親しくなったイギリス人ときたら飲みすぎたあげく転んで足を折っちまったって始末さ。コロッピーは具合の悪そうな気配を少しもみせずにたっぷり飲んでいたが、ベッドから離れることはほとんどなかった。（ありがたいことに上等なベッドで、よくある寝心地最低の粗末なしろものじゃない。）彼がベッドに居坐っていたについてはそれなりのわけがある。まず、床が揺れ動いているせいもあって彼に服を着させるにはファーレト神父、客室係給仕、それにぼくの三人がかりで少なくとも一時間はかかってしまう。なんとか服を着せたにしても、彼がデッキを歩くなんて問題外なんだ。当然ぼくは給仕二人になみのチップよりずっと多めの心付けをはずんで手伝わせたのだが、狭い船内通路や階段はほとんど越えがたい障害であった。というわけで、ぼくはよく人を誘って彼の寝室に行き、飲んだり話をしたりした。こんな状況でも彼は落ち込む様子はまったくなかった。それに海の空気は期待どおり彼にとって確かな効き目があった。ファールト神父はいささか期待はずれだった。出航してまもなく同じ修道会士が四人乗船しているのを知ると、彼はほとんど毎日彼らのもとに行き、額を集めて何やら密談しているようなのだ。夕方にならなければコロッピーのところにやってこないし、やってきてもどういうわけか酒にはまったく手をつけようとしなかった。もっとも彼は心身ともに絶好調で、今はこの地のイエズス会寮に逗留していて、毎朝きっかり十一時になると判で押したようにこのホテルにやってくる。

揺れ動く船上にくらべればこの不動の陸上でコロッピーに服を着せるのは遙かに容易な作業である——実際のところ、彼がダブリンで着用しているおんぼろ服であれば自分ひとりで身支度を整えられるかもしれない。ともあれ、このホテルではたいてい昼飯時まで彼とふたりでひなたに坐って話しこむ。アイリッシュ・ウィスキーはもちろん手に入らないからコロッピーはアブサンを飲んでいる。ぼく自身は時には心臓麻痺になりゃしないかと気になるくらいやたらブランディをやってる。午後になるとぼくたちはよく軽四輪馬車を雇ってコロセウムやフォーラムなんかをゆっくり観てまわっている。サンピエトロ広場には二度も行った。夜、コロッピーをベッドにつかせるとぼくはふいと姿を消して、帰ってくるのはいつも真夜中過ぎ。この永遠の都は売春宿だらけだ。ぼくは近づかないがね。結構なナイトクラブもかなりある。その大半は、聞いたところによると、違法営業。

さてこれから手のこんだ内幕の動きを話すとするか。ファールト神父なら、こちらから頼むまでもなく、なにか秘密のたくらみに手をつけてくれるだろうとぼくはひそかに当てにしてたんだ。きのうの昼まえ、彼はモンシニョール・ケイヒルなる人物を連れてきた。高位聖職者でしかもコーク（アイルランド南西部）生れときている。教皇庁の役職に就いている彼は教皇聖下の身近に付き添っている。彼は少なくとも八か国語に熟達しているそうで、教皇の通訳を務めているのだが、同時に速記術の心得もあって教皇謁見に際して聖下の所見、発言をあますところなく記録する職務を担っている。謁見を許された巡礼者たちの懇願は口頭で翻訳し、それに対する聖下のお言葉のみを書き留めるのである。彼はとても親しみやすい人柄で、とりわけてアイルランドから来た者と会うのを心から楽しみにしている。それにいいワインの飲みっぷりもさすがなものだ。彼はコロッピーが大いに気に入ったようだ。というのはコロッピーが意外なほどコーク市のことを事細かに知ってるからなんだ。これにはぼくもびっくりしたがね。

彼は教皇聖下私的謁見の段取りをつけるようあらゆる手を尽そうと約束してくれたが、

ファールト神父はさらに確実なとっておきの手を準備していた。彼はバルディニ枢機卿との付き合いがある、いやむしろ何とか才覚を働かせてコネをつけたのかもしれない。この人物は教皇庁内局をたばねる最高顧問で、毎日のように教皇居室に出入りしている。当然のことながらその権限は絶大で、すべてを取り仕切っているのだ。ファールト神父は非常に慎重で、今のところコロッピーにはたしかな見込みがあるなどと請け合ったりしていない。ただ教皇は多忙をきわめていらっしゃるから時が来るのをひたすら待つほかないと言うばかりなのだ。ぼく自身としてはこの謁見の実現を確信している。はっきりそう思っているものだからコロッピーのために礼服を買い整えたくらいだ。バルディニ枢機卿はフランシスコ会士でヴィア・メルラナのフランシスコ修道院に住んでいる。そこにはサント・アントニオ・ディ・パデュアのみごとな聖堂もある。(ぼくのイタリア語は急速に上達しているんだぜ。) 以上で筆をおく。二、三日したらまた書く。――M・

追伸――アニーから目を離すな。例の運河でのばかげたまねはけりがついたんだろうな。

18

一週間後に届いた兄の手紙の内容は次のとおり。

いいか、おい、望みをかけていたことが実際に起きたんだぞ。例によって午前中にファールト神父がやってきて、ちょっとばかり世間話をしてからコロッピーとぼくにさりげなく言ったんだ――夕方六時には礼服を着ていてください、われわれ三人してフランシスコ修道院を訪れバルディニ枢機卿に面会することになったのです、と。なんとも劇的な告知であった。ファールト神父はいかにもイエズス会士らしい流儀に従っていわば舞台裏でひそかに手をまわしていたに違いない。ぼくたちだけの教皇私的謁見の段取りがついたんだとぼくには分かったが、それを口に出したりはしなかった。

まず自分の正装を整えてから、ぼくはまだ少し早いと思ったが念のため五時にはコロッピーの礼服に着手した。早いどころかこれは賢明な措置であった。作業にほぼ一時間を要したのだ。着せ終った彼の姿はまことに珍妙なものであった。

ぼくたちはファールト神父とともに馬車でヴィア・メルラナに向かい、簡素、重厚、巨大な修道院に到着した。迎え入れられた立派な大広間にはたくさんの聖画が飾られている。バルディニ枢機卿は小柄で肉づきがよく、とても明るいお人柄のようだ。完璧な英語で迎えてくれた彼の指輪に口づけして席についたぼくたちはくつろいだ気分になれた。

「ダブリンの皆さんがたはどうしていらっしゃるかな」と彼はコロッピーに話しかけた。

「みんな元気にやっております、猊下。あの町に猊下がいらっしゃったとは存じませんでした。」

「一八九六年に訪れたことがあります。なにしろ十年間イングランドで過していたものですから。」

「それはそれは。」

するとファールト神父が外国旅行の美点についてまくしたてはじめた――旅行をすると視野がぐっと広がりますし、カトリック教徒としてはわが普遍的教会がいかに普遍的にあまねく行き渡っているかを知るのです……

「わたしは放浪向きの男ではありませんので」とコロッピーが言った。「ともかく男というものは為すべきことのあるところに留まっていなければなりますまい。」

「まことにそのとおり」とバルディニ枢機卿が言った。「しかしながらわれらが活動の場はこれまたまことに広大なのです。しかも年毎に広がり続けています。考えてもごらんなさい、アフリカ、チャイナ、それにジャパンにおいてすら為すべきことはまだ多いのです。」

「布教のことがどれほど大変かは存じております」とコロッピーは応じた。「わたし自身も一種の伝道事業に従事しております。もっとも宗教関係ではありませんが。」

ここでまたファールト神父が口を出し、すべての信仰の核心について語りだした――ローマ教皇庁と教皇聖下をめぐって熱弁をふるったのである。

やっとのことで枢機卿はコロッピーに顔を向けて言った。

「ミスタ・コロッピー、あなたがたは教皇聖下との私的謁見を願っておられるようですな。」

「猊下、それがかなうならばこのうえない名誉と存じております。」

「さて、その件はわたしが手筈を整えました。明後日の午後四時です。」

「感謝の言葉もありません、猊下」とファールト神父が言った。

以上だ。ぼくたちは喜びいさんでホテルに戻った。ぼくはまっすぐそこのバーに飛び込んで祝杯をあげた。きみがこれを受け取るころまでには謁見も終っているだろう。すぐまた手紙で子細を知らせる。――M・

19

事の次第は次の並外れた手紙それ自体に語らせることにする。それはかの謁見の核心にふれるものなのである。

あの謁見から数日たった今になってやっと手紙を送れる。これはモンシニョール・ケイヒルの助けをかりて書いたものだ。手元にコピーをとってないから大事に保管してくれたまえ。

思いがけなくも驚くべき異常事態が発生した。

実を言うと教皇はぼくたちに消えうせよと告げ、ファールト神父を脅し、黙らせたのだ。ヴァチカン宮殿に入るとすぐファールト神父は先にたって教皇護衛隊の小さな控え室に向かった。そこが待ち合わせ場所なのだ。五分もするとバルディニ枢機卿が現れ、ようこそと言いながらぼくたちひとりひとりに分厚いガイドブックを手渡してくれた。時間がまだたっぷりあったので、枢機卿の説明を聞きながらこの広壮、華麗な宮殿内を参観することになった。グレゴリウス十三世（在位一五七二―一八五）のみごとな回廊、謁見室、彫像で飾られた円形大広間、偉大な画家の作品が並ぶラファエル・サロン、ヴァチカン美術館の一部、システィナ礼拝堂、そのほかいろいろ見てまわったのでいちいち覚えきれないほどだし、よどみなく口をついて出てくる枢機卿の折角の説明もさほど覚えていない。宮殿の壮麗なる全容はまさに驚くべきものがある。あえて言うならば、いささか悪趣味と思われるところもあったし、金色に飾りたてた部分は時にけばけばしすぎる憾《うら》みがあるように感じられた。

「先の教皇レオ（レオ十三世。在位一八七八―一九〇三）はですね」とバルディニ枢機卿は口を切る、「あの方は王侯、君主との関係もよく、芸術、学問に深い関心をもっておられた。もちろん彼のレールム・ノヴァールム（労働の条件についての回勅。一八九一）は労働者階級にとってすばらしいことでした。これからお会いする方は貧しき人びと、弱き人びとに心を向けていらっしゃる。彼らに力をかそうとなされ、常に実行されているのです。」

「なるほど」とコロッピーが言った。

ぼくは奇跡について考えていた。彼の体重をなんとかして頂けるのではあるまいか。しかしその件はまだ話題になっていなかった。

ぼくたちはとあるドアの前で立ちどまった。なかに入ると美しい部屋で、教皇の書斎に通じる控えの間であった。枢機卿はぼくたちに待っていなさいと言ってから別のドアを通っていった。心地よい安らぎのうちにぼくたちは待った。間もなくドアが開き、枢機卿がぼくたちを差し招いた。ぼくたちは進み出た、ステッキを頼りにゆっくり歩むコロッピーを先頭に、次にぼく、そのあとにファールト神父が続く。

教皇聖下はデスクに向かっておられた。その右手、すこし離れたところにモンシニョール・ケイヒルが控えている。聖ピウス十世は小柄で痩せぎす、そして、かなりの年と見うけられた。教皇はかすかなほほえみを浮かべ、席を立ち、歩み寄ってくださった。跪いたぼくたちが漁夫の指輪（ローマ教皇がはめる認印付き指輪）に口づけすると、教皇祝禱と思われるラテン語が頭上で唱えられた。

やがて彼はデスクのうしろの席に戻られ、ぼくたちと枢機卿はデスクの前にしつらえられた椅子に歩み寄る。ぼくはいちばん端の椅子に坐った。何も発言する気はなかったし、何か質問されたくもなかったからだ。モンシニョール・ケイヒルは紙と鉛筆の用意をしている。

教皇はミスタ・コロッピーにイタリア語で何か話しかけた。すると直ちにモンシニョール・ケイヒルが通訳し、コロッピーの返答をこれもまた瞬時にイタリア語にする。

教皇――あなたの国、親愛なるアイルランドの様子は如何ですかな？

コロッピー――まあまあというところで、聖下。まだイギリス人がおりまして。

教皇――順調ではないとでも？

コロッピー――順調どころではありません、聖下、ダブリンは失業者であふれているのです。

教皇――ああ、なんと悲しい。わが心は痛む。

ファールト神父（イタリア語で）――アイルランド人にはいささか怠惰に陥りがちな者も幾らかはおります。しかしながら、至聖なる父よ、彼らの信仰心はおそらくキリスト教世界において最も強固であると申せましょう。わたくしはドイツ人ですが、ドイツにおいてはこれほどのものを見たためしがありません。これは驚くべきことであります。

教皇――アイルランドはわが心にとって常にいとしき国であった。神に祝福されたあの国からは伝道師たちがあまねく世界各地に赴いている。

（なおしばらく取り留めのない会話が続いたあとで、ミスタ・コロッピーが低い声で何やら喋ったがぼくには聞き取れなかった。モンシニョール・ケイヒルは即座に通訳した。教皇はひどく驚かれたようであった。ミスタ・コロッピーはさらに長いことぼそぼそ教皇に話しかけていたが、これもまたさっさと通訳された。ラテン語とイタリア語で語られた教皇の発言をここに写し取ることができたのはひとえにモンシニョール・ケイヒルのおかげである。その翻訳もおおむね彼が引き受けてくれた。）

コロッピー発言。

教皇　ケ・コザ・スタ・ディチェンド・クエスト・ポヴェレット？

この哀れむべき者は何を言わんとしているのか？

モンシニョール・ケイヒル通訳。

教皇　エ・トククオ？　ノンヌンクアム・ウルビス・ノストラエ・ウィシテンテイウム・カピティブス・アフフエルト・ウァポレム。デイ・プラエシディウム・フユス・インファンティス・アマンティスシミ・インウォカレ・ウェリムス。

この者は正気なりや？　時にわが都市の暑気は人をして妄想を抱かしむ。いとし子に神の御加護あらんことを。

コロッピー再び発言。

モンシニョール・ケイヒル通訳。

教皇　オ・パウラ・ケ・アッピアテ・ファット・ウン・エッロレ、エミネンツア、ネル・ポタル・クィ・クエスト・ピオ・ウオモ。ミ・セムブラ・ケ・シア・ウン・ポトッコ。フォルゼ・リ・マンカ・ウナ・ロテッラ。ア・スバリアト・インディリッゾ？　ノン・シアモ・メディチ・ケ・クラノ・イル・コルポ。

枢機卿、あなたがこの純朴なる男に謁見の機会を与えたのは過ちではなかったのか。この男の頭脳が正常に働いているとは言いかねる。訪れる相手を間違えたのではあるまいか。わたしは身体を診る医者ではない。

ファールト神父発言。

教皇

マ・クエスト・エ・セムプリケメンテ・モストルオソ。ネクエ・ホック・ノストルム・オフキウム・クム・コンキリイイ・ウルバニ・オフキオ・エスト・コンフンデンドゥム。

如何にも奇怪な話ではある。はたまたわが職務は市議会のそれと混同さるべきではない。

バルディニ枢機卿発言。

教皇

ノビス・プレセンティブス・イストゥド・ディキ・インディグヌム・エスト。ヌム・コンシリウム・イストゥド・イヌシタトウム・ラティオニス・レギブス・コンティネトゥル？　ヌンクアム・ノス・エユスモディ・クイクアム・アウディウィムス。

これはわが謁見の品位を損なうものである。かようにけしからぬ提言が当を得たものでありえようか？　まさに前代未聞の奇態な話ではないか。

コロッピーなにやら呟く。

モンシニョール・ケイヒル通訳。

教皇　グラウイテル・コムモウェムル・イスタ・タム・ミラ・オブセルウァティオネ・ウト・デ・タンタ・レ・センテンティアム・ディカムス。イントラ・ホス・パリエテス・ディキ・デデケト。ヒク・エニム・エスト・ロカス・サケル。

かかる問題にわが介入を求めるかくの如く奇妙なる懇願を受けるとは煩わしきかぎり。この場においてさような事柄に言及するは穏当ならざる所業。ここは聖なる場所なのである。

バルディニ枢機卿発言（イタリア語）。

教皇　ノン・ポッシアモ・アッチェッターレ・スクーズ・エ・プレテスティ。イル・レヴェレンド・ファールト・ア・スバリアト。チ・ダ・グランデ・ドローレ。

言い訳、弁解のたぐいは受け入れられぬ。神父ファールトは過ちを犯した。彼は悲しみもてわが心を満たす。

ファールト神父発言（イタリア語）。

教皇

ノン・ポッシアモ・アッチェッターレ・チオ。セムブラ・チ・シア・ウン・リラッサメント・ネッラ・ディスチプリナ・ネッラ・ソチエタ・ディ・ジェズー・イン・イルランダ。セ・イル・パードレ・プロヴィンチアレ・ノン・アジスチェ、ドヴレモ・ノイ・ステッシ・ファル・タチェーレ・イル・レヴェレンド・ファールト。
それは全く受け入れられぬ。アイルランドのイエズス会には教会規律に関して不備なる点ありと思われる。かの地の修道会管区長が適切なる措置を講じないとするならば、わたしみずからがファールト神父に沈黙を強いなければなるまい。

コロッピーなにやら呟く。

モンシニョール・ケイヒル通訳。

バルディニ枢機卿発言（イタリア語）。

教皇

エ・イヌティレ・パルラルネ。クエスト・ウオモ・ソッフレ・ディ・アルチナツィオニエ・ディ・オッセシオニ、エド・エ・スタト・コンドット・ス・クエスタ・ヴィア・デル・レヴェレンド・ファールト。コメ・アッビアモ・ジア・デット、トゥット・クエスト・チ・ラットリスタ・プロフォンダメンテ、カルディナーレ。
やくたいもなきことよ。この男は重篤な妄想、妄念に苦しんでおり、しかもその強迫観念はファールト神父の助長するところとなっておる。改めて言う、枢機卿、わが心は悲しみに痛む。

バルディニ枢機卿発言。

教皇

ホモ・ミゼリリムス・イン・ウァレトゥディナリオ・ア・メディコ・クランドゥス・エスト。

この哀れな男は入院治療を要する。

バルディニ枢機卿再び発言。

教皇

ボナ・ムリエル・フォンス・グラティアエ。アッタメン・イプサエ・イン・パルウラルム・レルム・スアルム・オクパティオニブス・ウェルレントゥール。ノス・デ・タントゥリス・レブス・コンスレレ・ノン・デケト。

たしかに良き伴侶は慈愛の泉ではある。しかしながら主婦としてこまごまとした家事に忙殺されているのではないか。かかる問題に関してわたしの助言を求めるは適切ならざるところである。

バルディニ枢機卿さらに発言。

教皇

フォルシタン・ポエナ・レヴィオラ・イッレ・レヴェレンドゥス・ファールト・アッ

ドゥチ・ポッシト・ウト・エト・スゥイ・シト・メモール・エト・クアエ・サチェルドティス・シント・パルテス・インテッレジェール。
おそらく悔悛の秘跡によってファールト神父は自分を取り戻し、聖なる務めに専念することになろう。

教皇は立ちあがり、ぼくたちも起立した。

教皇

ノビス・ヌネ・アベウンドゥム・エスセ・ウィデトゥル。イルルド・モド・エクス・リベリス・メイス・クアエロ・ウト・デ・イイス・コギテアト・クアエ・エクスポスイ。
さて退席するとしましょう。わが子らはここで語られた思いの数々を熟考されたい。

教皇聖下は十字を切ると背後のドアから退席された。
ぼくたちは声もなく列をなして控えの間を通り抜けた。肩を並べて先を行くバルディニ枢機卿とファールト神父はひっそりと言葉を交している。当然のことながら、そのときのぼくは謁見の話題が何であったのか、教皇がラテン語とイタリア語でどんな話をされたのか知るよしもなかった。その翌日モンシニョール・ケイヒルに会ってはじめてここに書き留めた情報を得たのだ。ミスタ・コロッピーがどんな考えを述べたのか、その主題は何であったのかについても彼に尋ねた。彼は言った、それはいっさい口外しないと名誉にかけて誓った、と。

ミスタ・コロッピーに付き添ってヴァチカンの廊下を歩くぼくの足取りはうんざりするほどゆっくりだった。彼の途方もない体重に変化はない。奇跡は起きなかったのだ。まだその時ではないのかもしれない。——M・

20

ある朝ぼくはベッドで横になっていた。今日は学校に行かないと決めていたし、もう学校はやめようかとも考えていた。教皇聖下とファールト神父をめぐる兄からの並外れた手紙には二十五ポンドの小切手が同封されていた。アニーを説得してこのところ朝食はベッドまで運んでもらっている。ゆったりくつろいでタバコをふかしながら考えごとをしていると、運河沿いの船引き道の男たちが大声で馬をはげましながらハシケを引かせている物音がする。世の中ってものはなんと目まぐるしく変りつづけるのか、まったく驚くばかりだ。兄が五千ポンドの遺贈を受けたのは奇跡にほかならなかったし、ロンドンで新しいタイプの大学創立を試みているのも驚異的な離れ業だ。それに例の三人がヴァチカンで教皇聖下その人をむこうにまわして意見を述べたのは目ざましくも驚くべきことだった。こうなると、かりに兄がローマ市長に任命されるようなことがあってもぼくは驚かないだろうし、枢機卿の紫衣をまとった兄を故郷に迎えることがあったって不思議じゃあるまい。なにしろかつて教皇がほんの子供を枢機卿に選任するのは珍しくなかったそうだから。考えてみればロンドンで兄と組んでやってみるのも悪くないかもしれない。たとえその仕事がぼくに向いていないとしても、あそこだったらほかにいくらも勤め口があるだろう。だしぬけにアニーが部屋に入ってきてオレンジ色の封筒をぼくに手渡した。海外電報だ。

コロッピー死す葬儀ここローマで明日委細別便

ベッドから転がり落ちそうになった。アニーは身じろぎもしないで、じっとぼくを見つめている。

——あのひとたち家路についている、まあそんなところかしら？　と彼女は言った。

——うむ、まあね、とぼくは口ごもった。とりあえずまっすぐロンドンに戻るんじゃないかな。兄貴の仕事があるからね。

——折角なんだからあちこち見てまわってゆっくり楽しんでくればいいのに、と彼女は言った。

——それってけっこう疲れるものだよ。

——それもそうね、でも、お金はたっぷりあるのだから、やっぱり楽しんできたほうがいいんじゃないかしら。

彼女は出て行った。ぼくは横になったままひどく暗い沈んだ気持になっていた——驚くほど唐突に変化する人の世のありようについて考えこんだ。アニーには反射的に嘘をついてしまった。今になってやっと思い知ったのだが、死んだのは彼女の父親なのになんで本当のことを言わなかったのだろう。もう一本タバコに火をつけた。どうすべきか、われながらはっきりしない。いったいどうすればいいというのか?

やがて起きあがったけれど気持はさらに暗く沈みこんでいくばかり。アニーは出かけていた。買物にでも行ったのだろう。不幸な報せをどんなふうに打ち明けたらいいのか、そのとき彼女はどんな反応をみせるだろうか? どうなるものやら見当もつかない。この際スタウト二、三本というのも悪くあるまい。外套を着かけたとき例の電報を引っぱり出してじっと見つめた。それからわれながら男らしくないと思いながらも、それを台所のテーブルの上に置き、急いで家を出た。間もなくぼくはバゴット・ストリート・ブリッジで運河を越えたところのパブに入ってスタウトの壜を前にしていた。

実のところぼくはたいして酒に強いほうじゃない。でも今度という今度は何時間もそこでねばっていた。はっきり物を考えようと必死になっていたのだ。しかし無駄であった。やっとのことでその店を出たときはもう三時近くになっていた。よろめきながら家に戻ったぼくの腕は持ち帰りのスタウト六本をかかえていた。

誰もいなかった。電報はなくなっていた。そのかわりにメモが置いてある。オーブンに何かあるとのこと。ちょっとしたものを添えたポークチョップがあった。ぼくは食べた。アニーには友だちが何人かいる。おそらくその一人のところに行ったのだ。それもまたよかろう。おっそろしくだるく、眠くなった。スタウトとグラスそれに栓抜きを精一杯ぬかりなくひとまとめに抱えて寝室に行き、すぐにすとんと深い眠りに落ち込んだ。目が醒めると翌日の朝になっていた。まずはスタウトをひとくち、そしてタバコに火をつけた。おもむろに前日の記憶が戻ってくる。

食欲はほとんどなかった。朝食を持って入ってきたアニーの目はひどく赤かった。泣きあかしていたのだ。でも今は穏やかに落着いた物腰。

——すまない、アニー、残念なことだった、とぼくは言った。

——ここで母さんのそばに葬ってあげたいのに、あのひとたちどうして連れて帰らなかったのかしら？

——さあ、どうなんだろう。手紙を待ってるところなんだけど。

——あたしのこと考えてくれてもよかったでしょうに。

——事情が許すかぎりできるだけのことはしたんじゃないかな。

——まあそんなところかしら。

それからしばらくは陰鬱な毎日だった。三日も四日も気まずい沈黙が続いた。ふたりとも口をきこうにも話題ひとつ思いつかなかったのだ。時折ぼくはちょっとスタウトを飲みに外へ出たが、大酒はしなかった。やっとのことで兄からの手紙が届いた。彼はこう書き記している。

「ぼくの電報でアニーはもとよりきみもひどいショックを受けたにちがいない。何が起きたのか、ここに書き留める。

「謁見が不首尾に終ってから、ファールト神父とコロッピーのふたり、とりわけコロッピーはひどく落ち込んでいた。ぼくはロンドンに戻ることばかり考えていた。仕事が待っているのだ。何か気晴らしなり元気づけなりが必要と考えたファールト神父はホテル近くの小さなホールで催されるヴァイオリン・リサイタルに二人分の席を予約した。彼はいちばん高価な席をとったのだが、それが二階席ではないと確かめもしなかったのは思慮に欠けることであった。二階にあるその席に着くには狭い木造階段を登らねばならない。リサイタルは午後開演。階段を半ば登ったところに狭い踊り場がある。コロッピーはステッキを頼りに、手すりにすがってよじ登った。そのうしろにはファールト神父が控えていて、彼がバランスを失ってひっくり返る急場に備えている。コロッピーがこの踊り場に辿り着き一歩踏み出したとたん、バリバリとすさまじい音がした。木片が飛び散り床全体が崩壊し、おそろしい悲鳴とともにコロッピーはぱっくり口を開けた穴に姿を消した。落下する彼が階下の床を直撃したとき、ドスンという重く鈍い不気味な音、そしてさらなる破壊音が響き渡った。かわいそうなくらい取り乱したファールト神父は階下に駆け降り、ドア係に声をかけ、支配人など人手を集め、ホテルのぼくに事件を伝える手筈をとった。

「駆けつけた。現場は目もあてられない惨状であった。見たところ階段にはとても近づけそうもない。職人が二人いて手斧、のこぎり、それに、のみを使って、踊り場下の廊下に折り重なる材木の山をばらしている。十本ばかりのローソクが残った階段のステップの一つに据えられている。その薄気味悪い光のなかに佇んでいるのは、意気消沈のファールト神父、そして警官二人と鞄を持った男。これはどうやら医者らしい。そのほか種々雑多な連中が群がっているが、そのほとんどは物見高い弥次馬だ。

「やっとのことで残骸をいくらか片付けた職人たちが何枚かの板きれを引っぱり出していると、担架を持った救急隊員が到着した。医者とファールト神父はがらくたの透き間を縫って強引に押し進んだ。仰向けに倒れたコロッピーの全身は砕けた木ぎれと漆喰で覆われており、片足は体の下で折れ曲がり、一方の耳からは血が溢れ出す。半ば意識が薄れている彼は哀れな呻き声をもらしている。医者が何やら注射を打った。するとファールト神父は彼のそばに跪き、これから懺悔を聴く、とぼくたちにむかって低いかすれ声で言った。こうしてこの安普請ホールの惨憺たる階段下でファールト神父はコロッピーに終油の秘跡を執り行ったのである。

「医者が再び強烈な注射を打った。この不幸な男を担架に移そうにも救急隊員だけでは手に負えないので、弥次馬二人に助っ人を頼まざるをえなかった。彼の途方もない重さは彼らの理解を超えていた。（註——ぼくはすでに豊満重水壜貼付のラベルを替えて、過剰服用厳禁と明記してある。）今はもう全く意識を失っているコロッピーを階段下から引き出すのにたっぷり二十分かかったし、担架係には四人を要した。こうして彼は病院に送り出されたのである。

「ファールト神父とぼくは重い足取りでホテルに戻った。あのような転落をしたのだからコロッピーの命はもつまいと彼は言った。一時間かそこらすると病院から彼のところに電話があった。コロッピーは死んだ、死因は複雑骨折。至急ぼくたちに会いたいと医者は言い、六時ごろホテルに伺いたいとのことであった。

「やってきた彼はファールト神父とじっくり話しこんでいた。イタリア語なので当然のことながらぼくにはまったくわからない。

「彼が去ったあとファールト神父は事の次第を話してくれた。コロッピーの頭蓋骨はひび割れし、腕と足は骨折、さらに深刻な裂傷が腹部全域に認められた。たとえこれらの傷害それぞれが単独では命にかかわるものでないにしても、コロッピーほどの年齢になるとこのような事故によるショックには耐えられないのが常なのだ。しかしながら当の医者および同僚たちの理解を超える不可解な現象が生じたのである。すなわち、息が絶えると同時に死体は腐りはじめ、しかも腐乱の進行は異様なまでに急速であった。病院側は市の保健局に連絡した。当局は何か得体が知れぬ奇病のおそれありとして翌朝には死体を埋葬せよと指示した。病院は葬儀屋の手配をした。翌朝十時埋葬、費用はぼくら持ち、カンポ・ヴェラーノ墓地に墓の予約ずみ。

「ぼくは死体の即時かつ急速な腐乱現象に注意を惹かれた。確言はしかねるが、これもまた豊満重水のせいではあるまいか。もちろん、そんなことは口に出さなかったけれど。

「ぼくたちそろってはやばやと病院へ行った。コロッピーはすでに納棺されていて、葬儀用馬車と一台の辻馬車がひっそりぼくたちを待っていた。ぼくは病院の主事に会い、必要経費を賄うに足る小切手を手渡した。それから墓地のそばにあるサン・ロレンゾ・フュオーリ・ル・ムラ教会に向かい、そこでファールト神父が死者のためのミサを執り行った。それがすんでからの埋葬はまことにあっさり、さっぱりしたものだった。なにしろ会葬者はぼくとファールト神父だけだし、墓のわきで祈りをささげたのも、もちろん、彼であった。

「ぼくたちは無言のまま辻馬車でホテルに戻った。いつかファールト神父に聞いた話だと、コロッピーは遺言書を作ってあり、それはダブリンのスプルール・ヒギンズ・アンド・フォーガティ法律事務所に託されている、とのことだった。この際まずこの事務弁護士たちに会わねばなるまい。馬車に揺られながらぼくは決めた――直ちにダブリンに戻り、それからロンドンに向かおう、ファールト神父には幾許かの金を渡し、あとは彼自身の才覚にまかせるとしよう。この手紙が届くのと前後してぼくはきみに会うことになる。」

以上が大陸から兄が寄越した最後の便りであった。そして実際その二日後、彼は現れた。

21

午後三時半ごろ兄がふらりと現れた。うまいことにアニーは外出している。外套と帽子をキッチン・テーブルに放り出すと彼は気さくにうなずいてみせ、ストーヴをはさんでぼくと向かい合う形でミスタ・コロッピー愛用のがたつく古椅子に腰をおろした。

——さて、調子はどうだ？　彼はてきぱきと声をかけてきた。

ひどく立派な身なりをしているが、どうやらいくらか酒が入っているようだ。

——まあまあってところかな、とぼくは言った。でもローマの一件には参った。神経がずたずたになっちまった。兄さんはうまく乗り切ったみたいだけど。

——まあな、このてのことはすんなり受け入れるべきなんだ、と口をとがらせながら彼は言った。あの世ゆきとなった人を偲んで誰かがいつまでも嘆き悲しんでくれてるなんて思わないほうがいい。そんな誰かがいるに違いないなんていうのは思い違いもいいところさ。

——かわいそうに、あの人のことは嫌いじゃなかった。少なくとも最悪の人間じゃなかったもの。

——そんなところだろな。とにかく彼にとってあの死にかたは最善じゃなかった。実のところばかげた頓死だった。でもこう考えてみたらどうだ。あんないい死に場所はほかにあるだろうか、永遠の都ローマ、聖ペテロ大聖堂（ヴァチカン宮殿とともにサンピエトロ広場に面している）のかたわらで死ねるなんて？

——そうかもね、とぼくは苦笑い。そう言えば、どっちも材木に縁があるな。聖ペテロは十字架にかけられたんだし。

——いや、まったく。ところで磔刑ってのは正確にはどんなふうに実行されたのだろうか。そこのところがよくわからなくってね。地面と水平に横たえた十字架に磔《はりつけ》にしたうえで、それからやおら垂直に立ちあげたのかな？

——さあね、でもまあそんなところだろね。

——かりにコロッピーごと立ちあげるとなったら、こりゃもうひどく苦労することになるだろうな。最終的に彼の体重は少なくとも三十五ストーン（約二二二キログラム）にはなっていたろうし、体つきだってきみやぼくとはだいぶ違っていたからな。

——豊満重水のことで気がとがめないの？

——いや全然。彼の新陳代謝機能に狂いが生じたんだと思うよ。あえて新薬を服用するのであれば、ある程度の危険は覚悟しなくちゃ。

——ミスタ・コロッピーは豊満重水試用第一号だったの？

——そこのところは調べてみなけりゃなんとも言えんな。おい、グラス二つ出してくれ、それに水を少しばかり。出かける前にひとくちやるとするか。

彼はウィスキーが注がれた。ウィスキー小壜を取り出した。中味はまだ三分の一ほど残っている。グラスが揃い、ウィスキーが注がれた。ふたりしてグラスを手に顔つき合わせてるなんてまるっきりミスタ・コロッピーとファールト神父の顔合わせそっくりじゃないか、とぼくは思った。ファールト神父はどうしてる、とぼくは尋ねた。

——まだローマにいる。ひどくふさぎこんでいるけど、しかたがないとあきらめて信仰をたよりに運命に身を任せようと努めているようだ。どっちみちあれは教皇のこけおどしだったんじゃないかな。ところでわれらがアニーはどうしてる？

——彼女もしかたがないとあきらめてるようだよ。埋葬を急ぐ必要があった点については言われたとおりに話してやった。なんとか納得したみたいだ。もちろん、豊満重水の件には触れなかったけど。

——けっこう。さて、やるか！

——かんぱい！

——例のところへは電話しといた、ほら、スプルール・ヒギンズ・アンド・フォーガティ法律事務所さ。この四時半に会うことになっている。これから外に出て改めて一杯やるとするか。

——そうしよう。

メリオン・スクウェアまで電車で行って、リンカン・プレイスのパブに入った。

——モルトウィスキーふたつ、と兄が言った。

——いや、とぼくはさえぎった。ぼくはスタウト。

信じられないといった顔でぼくを見た彼はしぶしぶながらウィスキーとスタウトを注文しなおした。

——ぼくらのような職業に就いてる者はだな、と彼は言った。スタウトとかそのてのものを飲んでるのを見られるとまずいんだ。御者かなんかと思われかねないからね。

——でもぼくなんかまあそんなところじゃないかな。

——そうそう、言い忘れたことがひとつある。葬式の前の晩、ある墓碑彫刻師に連絡してすっきり質素な墓標を注文した。それも翌日の夕方には間に合わせてくれと頼んだんだ。それに見合うだけの金をたっぷり払ったので約束どおりに仕上がって、次の日の朝には墓標が据えられた。それから墓所に新しい縁石を敷く費用も払っておいた。

——なにもかもそつなく考えてるんだね、とぼくはいささか感じ入った。

——きっちり考えとくほかないじゃないか。ローマへは二度と行かんかもしれないし。

——それにしても……

——きみにはちょっとした文学青年ってところがあるよな。

——ニューマン枢機卿について書いたエッセイが賞を取ったことを言ってるの？

——まあ、それやこれやあるからな。もちろんキーツのことは知ってるだろ？

——もちろん。『ギリシアの壺の歌』。『秋によせて』。

——そのとおり。どこで死んだか知ってるか？

——さあ、どこだったかしら。ベッドで、じゃなかったかいな。

——コロッピー同様、ローマで死に、その地に埋葬された。ぼくは彼の墓に行ってきた。ミック、ウィスキーとスタウト頼む。美しい墓だった、よく手入れされていて。

——とてもいい話だ。

——彼は自分自身の墓碑銘を書いた。詩人としての自分をあまり高く評価していなかった彼は自嘲めいた文句を墓石に記させた。もしかすると大向うの受けを狙った悪ふざけだったかもしれんがね。

——で、その文句ってのは？

——彼は書いた、「その名、みなもに記されし者ここに眠る。」なんとも詩的じゃないか。

——ああ、それ、いま思い出した。

——見せたいものがある。そのまえに、ほら、さっさと飲み干しちまいな。帰るまぎわにコロッピーの墓を写真にとってきたんだ。いま見せてやる。

彼は内ポケットに手を突っ込み、取り出した札入れから一枚の写真を抜き出すと、自慢げにぼくに手渡した。質素な墓標が写っている。刻まれた碑文は——

コロッピー
ダブリンの人
一八三二—一九〇四
その名、みなそこに記されし者
ここに眠る
安らかに眠れ

——いい線いってるだろ、と彼は得意そうにほくそえむ。みなも（水面）じゃなくってみなそこ（水底）ってところがみそなんだ。

——彼のクリスチャンネームが刻んでないけど、どうして？　とぼくは尋ねた。

——どうしてもこうしてもないさ。知らないいんだ。ファールト神父も知らなかった。

——それじゃ彼が生れた年はどうやって知ったの？

——まあ当て推量ってところさ。病院の連中は七十二歳ぐらいでしょうと言ってた。担当医も死亡証明書にそう記入した。今このポケットに入れてあるがね。それで今年から七十二引いたってわけだ。で、この墓標、どう思う?

——こんどはぼくがおごる番だ。なんにする?

——モルト。

ぼくはおかわりを注文した。

——とってもいい墓標だと思うよ、とぼくは言った。それにこれから先についての配慮も行き届いてるし。アニーが父親の墓参りする旅費を工面してやればいいと思うけど。

——そりゃいい、と彼は言った。たいした名案だ。

——そろそろ切りあげようか。例の約束があるからね。

約束の時間に少し遅れてスプルール・ヒギンズ・アンド・フォーガティ法律事務所に着いた。ぼくたちの名前を聞いた貧相な書記はミスタ・スプルールと記された部屋に入っていき、少し間をおいて顔を出すと、どうぞと手招きした。ミスタ・スプルールは古文書さながらにしわだらけの老人で、まるでディケンズの小説に出てきそうな人物であった。猫背の彼は中腰のまま握手すると、指さして椅子を勧めた。

——ああ、と彼は言った。ミスタ・コロッピーは残念なことでしたな。

——ローマから出した手紙は御覧でしょうね、ミスタ・スプルール? と兄が言った。

——たしかに。ローマといえばあそこには当方専属の駐在員がおりましてね。これはダブリンを本拠とする事務所としては他に例のないことですぞ。幾つもの修道会の仕事をさせて頂いておりますので。

——なるほど、と兄は言った。ところで例の遺言書の件ですが、その内容についておよそのところを知りたいと思っているのですけれど。あの、これが死亡証明書です。

——いやこれは大いに助かります。ありがとう。さてここにあるのが遺言書です。わたしども弁護士特有のしちめんどくさい法律用語をくどくど聞かされてはあなたがたもいらいらするばかりで、かえって有難迷惑というものではありますまいか。

——そうですとも、ミスタ・スプルール、とぼくはすぐさま応じた。

——さてと、本件の遺産に関する正確な価値評価は即座には致しかねます。その大半は各種の投資から成っているからです。そこで遺言者の遺志を要約してお伝えするとしましょう。主要な点は次のとおりです。まず、ウォリントン・プレイスの土地建物は現金一千ポンドを添えて娘アニーのものとする。腹違いの甥ふたり——つまりあなたがたですな——両人それぞれに現金五百ポンドを遺贈する。ただし彼の死の時点において彼とともに彼の家に居住していなければならぬ、という条件がついています。

——なんですって、と兄が叫んだ。それじゃはずれじゃないか、ぼくは！　この何か月もあそこに住んでなかったんだ。

——それはまことに残念なことで、とミスタ・スプルールは言った。

——ローマで彼を埋葬し、彼を偲ぶ墓標を建てたのはこのぼくなんですぜ、しかも経費はすべてぼく持ちで！

とても信じられないと言いたげに彼はぼくたちふたりそれぞれをじっと見つめた。

——それはそれ、でもどうしようもないことさ、とぼくは冷たく切り捨てた。ほかには何か、ミスタ・スプルール？

——以上の件の片がつきましたら、コロッピー基金創設に着手することになります。この基金は彼の娘アニーに年三百ポンドの終身年金を贈与します。さらに基金は遺言者が休憩室と名づけている三つの公共施設を設置し管理することになります。設置場所はサンディマウントのアイリッシュタウン、ハロルズ・クロスおよびフィブスバラの三地点です。施設の正面玄関には大文字で「平和」と記され、それぞれが守護聖人の保護下にあることを示します。すなわち、聖パトリック、聖ヒエロニムス、そして聖イグナティウス。施設の壁には飾り板がつけられて、たとえば「コロッピー基金——聖ヒエロニムス公共休憩室」といった具合に書き記されるのです。お気づきだと思いますが、地理的にみてこれらの施設はまことに適切に配置されております。

——なるほど、とぼくは言った。ところで建物の設計は誰が？

——なにしろ、あなた、ミスタ・コロッピーはすべてにぬかりのないかたでした。お尋ねの件はすでに手が打ってあります。建築家承認ずみの設計図が当方に託されているのです。

――遺産の件はそれで全部というわけですかね？　と兄が尋ねた。

――さよう、おおむねのところは。ほかにもささやかな遺贈がありますが。これはイエズス会士クルト・ファールト師に贈られたものです。言うまでもなく、遺言書が検認裁判所でその有効性を正式に認められるまでは如何なる形の支出も行われません。しかしながら、わたしの理解するかぎり、本件に関してはどのような問題も発生する余地はありますまい。

――そうでしょうとも、とぼくは言った。兄はロンドンですが、ぼくはここに住んでいます。住所はもとのまま変っていません。

――結構。いずれ書状で連絡します。

ぼくたちは席を立った。ドアの前で兄は急に振り返った。

――ミスタ・スプルール、と彼は声をかける。ひとつ質問があるのですが。

――質問？　どうぞ。

――ミスタ・コロッピーのクリスチャンネームは？

――なんですと？

虚をつかれたミスタ・スプルールはあからさまに驚きの表情を浮かべた。

――ファーディナンド、もちろん。

——どうも。

通りに出た。兄は思ったほど落ち込んではいない。

——ファーディナンドだとさ。いやまいったね！　今のぼくにとって何がなんでも必要なのはぐいっと一杯やることさ。あの事務所に足を踏み入れたとたん五百ポンド損しちまったからな。

——じゃあ、ぼくのふところがあったかくなったのを祝って一杯やるとしますか。

——よかろう。キングズタウン行きに乗りやすいところがいいな。今夜のうちにあそこで連絡船に飛び乗らなきゃならんのだ。この店にするか。

彼は先にたってサフォーク・ストリートのパブに足を踏み入れた。意外なことに、彼はこれから夜の長旅が控えているのだからいつもと違って小さいのにすると言う。彼はかつての自分をなつかしむ気分になっているらしく、これまでふたりが過してきた日々をめぐってしんみり語るのだった。そのあげく彼は言った。

——これから先どうするか決めてあるのか？

——いや、とぼくは言った。ただ学校はやめちまおうと思ってるんだけど。

——そいつはいい。

——暮していくにはあの五百ポンドあれば少なくともあと二年間はもつだろう。将来のことを考えるにしても二年あれば十分だと思うけど。

――ロンドンでぼくがやってる事業に手をかすつもりはないかね。

――まあ考えとくよ。でもひどく心配なんだ、いつかはその事業に警察の手が入るんじゃなかろうか。

――ばかな！

――どうかな。いくら抜け目のない兄さんにしてもこのところ薄氷を踏んでるんじゃないかって気がするんだけど。

――これまで足の踏み場を間違えたことなんかないんだぜ。自動車関連の新事業に乗り出すってのはどうだい？　考えてみたことあるか。今や向こうじゃたいしたことになってるんだぞ。

――そんなことたいして考えてもみなかった。資本が必要だろうしね。それに自動車のことなんか全くなにも知らないもの。学校ってとこはほとんど役立たずだったから、ぼくはなんについてもなんにも知らないってわけなんだよ。

――それはこっちもおんなじさ。何かを身につけるには自分ひとりの力で学びとるほかないんだ。

――そうかもね。

――ところで聞きたいことがある、と思案顔の兄が切り出した。アニーはどうしてる？彼女とうまくいってるのか？

——アニーのことは心配ない、とぼくは言った。ローマでのあのひどい事件のショックから立ち直っている。口には出さないけれど、兄さんがしてくれたことを有難く思っているようだ。あのね、遺産の件の片がつくまでの話だけれど、家のことやなにやかやを遣り繰りするのに兄さんから彼女に五百ポンドばかりプレゼントしてくれたら助かるだろうと思うんだけど。

——なるほど、それはいい考えだ。ロンドンから彼女宛てに小切手を振り出そう。それに心のこもった手紙を添えるとしよう。

——それはどうも。

——そういえば、彼女にちゃんと面倒みてもらってるのか？

——完璧さ。

——食事、洗濯、靴下、その他もろもろ全部？

——もちろん。まるっきり王侯貴族の暮しっぷりさ。なんとベッドで朝食ときてるんだぜ。

——そりゃいいな。おやおや、もうこんな時間か！　あの連絡船に乗らなきゃならんのだから、ぐずぐずしちゃおられん。うん、このところのアニーがそんな様子だと知ってほんとに安心した。あれは心根の優しいひとなんだ、まったく。

——でもいまさらなんでそんなに感心しているのさ。いささか戸惑ってぼくは言った。

彼女はこれまでずっと家じゅうみんなの世話をしてきたじゃないか。ミセス・クロッティは自分では何もしなかった。かわいそうに病身の彼女はほとんどいつも寝こんでいたからな。神よ、彼女の霊を休ましめたまえ。ところがミスタ・コロッピーときたらなんとも手が掛かる難物だった。どんな料理を出してもこれには妙な混ぜ物が入ってるんじゃないかとかいつも難癖をつけてたもんだ。蛇口の水だって安心ならんとさえ言い出す始末だった。

——ああ、そうだったよな。それはそうだとしても彼は彼なりに借りを返したじゃないか。遺言書で彼女にたっぷり報いているのを知って、さすがと感心したね。

——ぼくも気をよくしたよ。

——そうだろうとも。さて、おつもりに別れの杯をあげるとするか。パディ、モルト二つ!

——はい、はい。

濃黄色のグラスが二つ、ぼくたちの前に並んだ。

——あのな、と兄が言った。立派な家屋敷と年に三百ポンドときたら、こりゃ冗談ごとじゃすまないぜ。いやまったく冗談どころじゃない。

彼は慎重な手つきで自分のウィスキーを水で少し薄めた。

——アニーは見てくれがよくっておとなしい働き者だ。このての女はそんじょそこらにいくらもいるってもんじゃない。ロンドンじゃこういうたしなみがよくってまともなタイプにはめったにお目にかかれないんだ。あのあたりにいるのはほとんど娼婦みたいのばっかりさ。

――たしなみがよくってまともな人とは付き合ってないってことじゃないの。

――いや、そんなことはない。妙に気をまわすなよ。要するにどこへ行ってもまともな人間ってのはほんのひとにぎりしきゃいないってことさ。

ぼくは低いうなり声で異議を表した。

――しかもだな、まともな人間と親しく手を取り合う仲になれるなんて普通はまずありえないことなんだぞ。

――まともな人ってのは時たま豊満重水の適量を親しく手に取るってわけだね。

この嫌味を無視した彼はグラスに手をのばした。

――ぼくの見るところでは、と彼はもったいぶった口調で切り出した。身を固める決心がつきさえすれば、きみ自身の人生の戦いはなかば勝利に帰したも同然なのである。ここんところを聞かせてくれ、アニーを欲しいと思ったことあるか？

――なんだって……？

彼はウィスキーグラスをあげて唇に当て、いっきに飲み干した。そしてぼくの肩をぴしゃり平手打ちした。

――考えとくんだな！

ドアのぴしゃり閉まる音が彼の去ったことを告げた。呆然として身じろぎもしなかったぼくはやがてなにげなく自分のグラスを取りあげ、自分が何をしているか意識することもなく、まさに兄がしたとおり、グラス一杯のウィスキーをいっきに喉に流し込んだ。そして足ばやに、しかし疾走することなく、トイレを目指した。その場に立つと、ぼくの内部のすべてがふつふつと沸き立ち、荒れ狂う嘔吐の奔流となって溢れ出した。

フラン・オブライエン——嘔吐する道化——

大澤　正佳

フラン・オブライエンは本名をブライアン・オノーランといい、一九一一年北アイルランドのティロウン州に生れた。ダブリンのユニヴァーシティ・カレッジ（この大学の先輩にジェイムズ・ジョイスがいる）を卒業後、ダブリン市公務員となる一方、フラン・オブライエンという筆名で長篇小説『スウィム・トゥー・バーズにて』（一九三九年）、『第三の警官』（四〇年執筆、六七年死後出版）、『ハードライフ』（六一年）、『ドーキー古文書』（六四年）を著した。オノーランはマイルズ・ナ・ゴパリーンというもう一つの筆名で一九四〇年以降ダブリンの『ジ・アイリッシュ・タイムズ』紙に「クリュシュキーン・ローン」——これは民謡の表題を借用したもので「なみなみついだ小ジョッキ」の意のアイルランド語——と題するコラムを連載し、英語とアイルランド語を交互に用いて諷刺的な才筆をふるった。その一部は『クリュシュキーン・ローン』（四三年）および『マイルズ傑作集』（六八年死後出版）として刊行されている。マイルズ・ナ・ゴパリーンとはアイルランド作家ジェラルド・グリフィンの小説『カリージァンズ』(一八二九)に登場する人物の名前で「仔馬のマイルズ」の意である。右のほかマイルズの筆名で発表したものとしてはアイルランド語による長篇小説『貧しい口』(四一年。英訳七三年)があり、その他にも喜劇『フォースタス・ケリー』(四三年)や『物語と戯曲集』(七三年死後出版)などがある。オノーランはフラン・オブライエン、マイルズ・ナ・ゴパリーンという二つの筆名のほか、時に応じてブラザー・バルナバス、ジョージ・ノウオール、カウント・オブラザーなどの仮名を用いることもあった。この二重言語作家は複数の仮面で偽装し演技することを好むアイルランド人なのである。

『ハードライフ』について語るまえに、まず初期の代表作二篇に触れ、それとの対比を視野に入れて作家オブライエンの変容を考えてみたい。

『スウィム・トゥー・バーズにて』は小説の小説という形式による重層的技法を駆使した実験小説で、その枠組は三重になっており、現代ダブリン市民のいかにもそれらしい言動にオーヴァーラップして、アイルランド伝説・民話の住人がつぎつぎに登場することになる。彼らがさりげなく入りまじっては意表をつく振舞いに及ぶ楽しさは類を見ない。この作品を贈られた同郷の先輩ジョイスはオブライエンを「真の喜劇精神を備えたほんものの作家」と高く評価している。

『第三の警官』は「死者の書」である。その語り手は話がはじまると間もなく死んでしまう。しかし彼は自分が死んだことに気づいていないし、読者がそれと勘づくのは結末近くになってからのことである。事態そのものは異様で不条理きわまりない。しかしその叙述はあくまでも即物的な、無気味なほどに明るく澄んだ文体を以て終始する。つぎつぎに繰りひろげられる奇想の非現実性は淡々とした乾いた語り口がかもしだす異常な現実感と奇妙な均衡を保ち、両者の狭間からグロテスクなおかしみが噴き出してくる。

『第三の警官』を論じたアントニー・バージェスの書評（一九六七年）は次のように結ばれている――「『スウィム・トゥー・バーズにて』を読んだジョイスがそれを高く評価したと知るのは心慰むことである。ジョイスの死の前年に書かれたというのに彼が『第三の警官』を目にしえなかったのは心痛むことである。かりに読みえたとするならば、既に『ユリシーズ』と『フィネガンズ・ウェイク』とを持つ彼としても羨望の念を禁じえなかったのではあるまいか。死者の世界は彼が次に踏み入らねばならぬ必然の道筋であったのだから」。

『フィネガンズ・ウェイク』と同じ一九三九年に出版された『スウィム・トゥー・バーズにて』は第二次大戦の影響でジョイス最後の作品同様に一部の作家、批評家に注目されるにとどまっていた。バージェスが「恐るべき幻想作家」と呼ぶオブライエンの第一作は一九六〇年ロングマン社との出版契約期限終了とともにマクギボン・キー社（ロンドン）

から新たに刊行され、さらに「ペンギン・現代の古典叢書」に収められている。それに刺激されたのか、つむじ曲がりのオブライエンは第一作とは対照的な異質の小説『ハードライフ』を発表する。これは十九世紀末から二十世紀初頭にかけてのダブリン・ロワーミドルクラス一家の日常を「恐るべき幻想作家」とは様変りした筆致で描いた小説である。

一八九〇年、孤児ふたりメイナスとフィンバー（この小説の語り手）は母方の伯父ミスタ・コロッピーに引き取られる。このときフィンバー五歳、兄は十歳。ミスタ・コロッピーは先妻の娘ミス・アニーに家事をまかせ、親しい友イエズス会士ファールト神父とウィスキーをくみかわしながら宗教談義に気炎をあげ、何やら重大らしいプロジェクトを画策している。小才がきくメイナスはうさんくさい通信販売で金をかせぎ、ロンドンに事務所をかまえるまでになる。彼は関節炎に悩むミスタ・コロッピーに「豊満重水」と称するあやしげな薬を贈るが、その誤用により伯父は歩行困難になる。その埋め合わせということでメイナスは伯父とファールト神父をローマに連れていき教皇私的謁見の手配をする。謁見は不首尾に終り、失意の伯父はとんでもない事故でローマで客死する。一九〇四年のことである（ちなみに『ユリシーズ』のいわゆるブルームズデイはこの年の六月十六日）。ミスタ・コロッピー享年七十二歳、メイナス二十四歳、フィンバー十九歳。遺産の件でダブリンの事務弁護士に会ったあと、二人はパブに立ち寄るが、兄の唐突なほのめかしにフィンバーは盛大に嘔吐する。

一応のプロットを要約したが、登場人物たちの会話を聞いていても肝心の話題の焦点はおおむねぼやけたままで要領を得ない。饒舌という衣裳を織りなす言葉たちはあたかも仮装舞踏会に集う者たちのように仮面をつけ、その正体は見わけがたい。コミュニケーションは完結せず、事態は不消化のまま進行し、語り手の嘔吐で終る。作者はアイルランドを批判する戦略の一端としてあえてこの作品を〈アイリッシュ・ミスト〉の煙霧で包みこもうとしているのではあるまいか。いささか繁雑になるおそれもあるが、この小説の主軸をなすミスタ・コロッピーのプロジェクトなるものの正体とは何か、それが煙霧のなかから姿を現わす道筋を辿ってみる。

形容詞「アイリッシュ」には「非論理的、不条理な」というほどの含意もあり、一見もっともらしいが滑稽な矛盾のある表現を「アイリッシュ・ブル」という。厳粛な宗教的トーンが期待されてしかるべき教皇謁見の場では、いかにも「アイリッシュ」らしくもっともらしいが不条理で生真面目なくせに滑稽なやりとりが再現されている。ミスタ・コロッピーは教皇のラテン語、イタリア語を理解できないし、教皇は英語を解しない。両者のやりとりは通訳を介して行われる。いちばん端の椅子に坐ったメイナスにはミスタ・コロッピーの訴えは聞きとれないので、「当然のことながら、そのときのぼくは謁見の話題が何であったのか、教皇がラテン語とイタリア語でどんな話をされたのか知るよしもなかった」(第十九章)。教皇、通訳、ミスタ・コロッピー三者のやりとりのはずだが、読者に伝わるのは教皇の発言のみ、これは一人芝居のモノローグ変型が生み出す一方通行の喜劇である。謁見の内容は教皇の発言から推測するほかない。身体的な苦痛治癒の奇跡を願っていたはずのミスタ・コロッピーの請願はどうやら別の問題に移ったらしい。彼の願いを聞いて驚きの表情を隠せぬ教皇は言う——「この哀れむべき者は何を言わんとしているのか？……如何にも奇怪な話ではある。はたまたわが職務は市議会のそれと混同さるべきではない……これはわが謁見の品位を損なうものである」（第十九章）。

ミスタ・コロッピーの問いかけ抜きに教皇の応答のみが記されている謁見記録の空所を埋めるのはメイナス同様に読者の想像にまかされることになる。請願の趣旨はどうやら市議会にかかわる問題らしい。彼はこれまでもファーレルト神父相手に市議会糾弾の気炎をあげていた。女性にかかわる件について市議会の怠慢をいきどおっているらしいが、具体的にそれが何であるかは不明のままなのだ。

「われらが重大関心事」（第十一章）に対処するためにミスタ・コロッピーは「水秤つまり実用液体比重計」なるものを同志の御婦人に届けさせ、それが示す度数を綿密に記録するよう依頼する。何のための記録なのか、それが彼のプロジェクトとどういう関係があるのか、ここでもはっきりしない。右にあげた例のほかミスタ・コロッピーは随所で彼のいわゆるプロジェクトなるものに言及しているが、いずれも核心は煙霧に包まれたままである。

最終章にコロッピー基金は三つの公共施設建設に用いられるとある。ここでれいれいしく聖人の名を冠し、正面玄関に「平和」と記した公共施設なるものは実のところ洗面、化粧そのほか快適な設備を整えた施設、つまりは公衆トイレのことである。しかもこれまでにミスタ・コロッピーが口にした女性問題に関する発言を考慮すると、これは女性専用公衆便所に違いない。男なら町中いたるところにあるパブにとびこめば事がすむけれど、パブの出入りもままならぬ当時の体面を気にする御婦人方にとって女性用公衆便所建設はありがたいにしても、おおっぴらに女性用と名乗られてはいくら緊急時であろうとも「平和」を求めて立ち入るわけもない。

ミスタ・コロッピーは一九〇四年に死んだと前に触れたが、同じ年のダブリンを舞台とするジョイス『ユリシーズ』第八挿話でブルームは公衆便所のそばを通りながら考える――「女性用のも作るべきだよ。菓子屋にかけこんだりして。ちょっと帽子を直したいの、なんて言ったりしてさ」。ミスタ・コロッピーはファールト神父を相手に憤慨する――「ではなにゆえにわれわれは彼女たちを公正に遇しないのであるか？　つまり、その、あんたにしろあたしにしろすんなりパブに入れるけれど、女となると――」（第五章）。

最終章に至ってかろうじて明らかになるミスタ・コロッピーのプロジェクト、女性用「公共施設」建設案については、これまで全篇を通じ伏線としてさりげなくほのめかされていたようだ。たとえばミセス・クロッティの病状――フィンバーは寝巻を羽織った彼女が階段の手すりにしがみつきながら降りてきて一階の寝室に入る姿を何回も見かける。「そのやつれた顔の恐ろしいほどの青白さに、見ているぼくも色を失ったものだ」（第四章）。彼女は二階のトイレから降りてきたのだ。（社会的にこのクラスの家では寝室とトイレは二階にあるのが普通である）。病状の重い彼女に目が届くよう寝室はキッチン隣りの居間に移され、そのせいでミスタ・コロッピーはやむなくキッチンに腰を据えてウィスキーを飲むことになる。

彼女の病因について精確なところは何も語られていないが、どうやら排尿にかかわることのようだし、それがミスタ・コロッピーをプロジェクトにかりたてた要因の一つであるらしい。彼女の葬儀がすんだあと、ミスタ・コロッピーはミスタ・ラファティに語っている――「何が彼女の命を奪ったか、その原因は一つだけじゃなかった。いいかね、病気のせいだけで死んだときめつけるわけにはいかんということさ」（第八章）。それを聞いたラファティは市当局を動かして「必要な施設を町中につくらせるのだ」とミスタ・コロッピーに迫る。ここでも必要な施設が女性用共同便所とは明示されていない。ミスタ・コロッピーが二人の女性に水秤が示す度数の記録を求めたのもおそらく排尿量のデータ集めのためであろう。「これはわが謁見の品位を損なうものである」（第十九章）と言って教皇が席を立ったのもミスタ・コロッピーが執拗に共同便所の件を持ち出したせいであれば納得がいくというものだ。

『ハードライフ』刊行一九六一年の十一月、オブライエンは出版者あての書簡で「排尿および嘔吐に関する論議を含むこの作品を洗練された一冊に仕上げてくださったのはまことに当を得たことです」と謝辞を述べている。彼は卑俗と洗練の奇妙な混在をよしとしているのだが、このような不条理で場違いな状況は喜劇的効果を生みだす。聖と俗とが嚙み合わぬまま進行する教皇謁見の場はその一例である。この聖なる謁見に陪席するドイツ系の神父の名前ファールトにファート（屁）の響きが聞きとれるのは聖・俗効果を増幅する作者一流の遊びであろう。ちなみに『ドーキー古文書』には「そういえばピス（小便）という名の男がいましたっけ、とハケットがしゃしゃり出る。それに我慢がならなくて、思い切って改名したあげくが何とヴォミット（嘔吐）」という一節がある。糞尿譚はスウィフトからジョイスに至るまでアイルランド文学を通じて繰り返されてきたモチーフなのである。

オブライエンは『ハードライフ』冒頭にマスターピースの作家グレアム・グリーンに「このミスターピースを敬意とともに献ずる」むねの献呈の辞を記している。グリーンはロングマン社出版顧問として『スウィム・トゥー・バーズにて』出版を強力に推薦してくれたことがあるのだが、たしかにオブライエン第一作はグリーンの尽力に値する「マスターピース」である。神話と現代を対置し、リアリズムとファンタジーが自在に混交する

『スウィム・トゥー・バーズにて』にくらべると、『ハードライフ』ではリアリズムとファンタジーのいずれにも完全には徹しきれていないし、変種教養小説タイプと言える「フィンバー・メイナス・プロット」と真顔で演じるバーレスク「コロッピー・ファールト・プロット」との絡み合いが十分には機能していないのもメイジャーならぬマイナーリーグのチャンピオン、ミスターピースたるゆえんであろう。

オブライエンは『ハードライフ』出版の前年、「すべての点で十分な熟慮検討のうえ執筆しました」と出版者に告げた。言葉に異常なまでの執着を示すアイルランド作家オブライエンの本領はこの作品でも随所に発揮されている。「可鍛性線状金属、すなわちワイヤ上の二点間往復歩行は四肢ならびに各種器官のみならず背部さらには窮極の生命それ自体を深甚なる危険にさらす恐れなしと主張するが如きは愚かしさの極みと断ずべきであろう」（第六章）と始まる「綱渡り術即席教本」でオブライエンは衒学的まやかし学識を諷刺し嘲笑している。博学・難解・不要な用語をちりばめ単純な事実をぼやかして意味ありげなものに仕立てあげる言葉の錬金術、いや、まやかし術がメイナスの得意技となる。

「ちょっとしたヒントですって。ミスタ・コロッピーはかっとなって切り返した。それが切っかけになるですって！　なんてこった、わざとあたしを怒らせようってんですか、あたしの正気を失わせ錯乱させ哀れなふうてん野郎にしちまおうってつもりですかね。ちょっとしたヒントがあればですと、ばかばかしいったらありゃしない！」（第五章）。会話を、とりわけ中産階級ダブリン市民の繰り返しが多く、しかも華麗な話しぶりを聴きとる耳と、それを写しとる的確な表現力がオブライエンの特色である。ミスタ・コロッピーが喋り出すと話題の如何を問わずその場の空気が活気づく。彼のダブリン訛りはそれ自体で独得の喜劇的効果を響かせるのだ。「思いがけなくも驚くべき異常事態が発生した」（第十九章）教皇私的謁見の場は食い違いの暗い笑いを誘い、それに続くミスタ・コロッピーの突拍子もない死はグロテスクな喜劇的クライマックスとなる。

オブライエンはエッセイ「トンネルで酒びたり」（一九五一）で同郷の先輩ジェイムズ・ジョイスについて論じているが、その結びでこう語っている——「ジョイスの作品のどれをみても、悲哀と恐怖の小間使いであるユーモアがたえまなく忍び出てくる……アイルランド・カトリック教徒が受けついできた終末観の重荷を、彼は笑いによって軽くする。真のユーモアは背後に必ずこの種の切迫感を秘めているものなのである……彼は悪ふざけをやってのけては人をたぶらかす。彼の作品はわたしたちの何人かが遊び戯れることを許される庭園だ」。ここでオブライエンはジョイスという鏡を利用して彼自身の姿を映し出しているのである。

『スウィム・トゥー・バーズにて』を高く評価したジョイスが目にすることのなかった『ハードライフ』は前作の二番煎じではない。前作冒頭の題辞には「この作品の登場人物はすべて虚構によって仕組まれており、生死を問わず現実に即した者はひとりとしてない」と記されている。ところが『ハードライフ』の題辞は事も無げにこれを裏返しにする。すなわち、「この作品の登場人物はすべて現実に即しており、虚構によって仕組まれた者はひとりとしていない」。『ハードライフ』はそれなりの一番煎じとして前作の対極を目指す試みであった、と言うよりはむしろ前作をパロディ化しようと強行した自己言及的な試みであったと言うべきであろう。

『ユリシーズ』が出版された一九二二年にアイルランド自由国が成立したものの、イェイツのいわゆる「恐るべき美」は誕生するに至らなかった。その後の期待はずれな現実への失望感に加えて、作家たちは一九二九年制定の出版物検閲法委員会による俗物的介入にさらされるようになる。当初は産児制限関係の出版物流布を阻止するためのものであったが、検閲委員会のごり押しでアイルランド文学のみならず現代世界文学の多くの傑作を禁止するようになり、ハックスリー、ヘミングウェイ、ベケットなども検閲にひっかかり、ジョイスの『スティーヴン・ヒアロー』さえも発禁処置を受けた。『ユリシーズ』はあまりの大物のため処分されずにすんだといっても実は店頭に出されることはなかった（ちなみにアメリカ合衆国での『ユリシーズ』発禁撤廃は一九三三年十二月）。さすがの検閲委員会の圧力も一九六〇年代後半には弱まりつつあったが、現にオブライエンは一九六一年暮れの書簡で『ハードライフ』は「おっそろしい騒ぎをひきおこすだろう」と覚悟していた。ところが発禁処置を受けなかったので拍子抜けしたと伝えられているのはいかにも彼らしいところだ。

「アイルランドに留るかぎりこの国の芸術家本来のありようは常に危険にさらされる」とジョイスは自発的亡命者の途を歩む。この国の現状についてのオブライエンの思いもジョイスのそれと通ずるものがあり、たとえば『ドーキー古文書』の登場人物に「われわれのような種族には異国の風土のほうが性に合っているんじゃありませんか。というのも一つにはこの国が湿っぽすぎるってこともある……山師やら偽善者やらが多すぎるんだ」と言わせたりもしている。ジョイスの死から二年後の一九四三年にオブライエンは書いた——「慎みのある唯一のダブリン人はかのミスタ・ジョイスであった。なにしろ彼はダブリンに対してより効果的な中傷を行わんがためわざわざこの町を離れるだけの節度ある男だったのだから」。この皮肉な口調にオブライエン自身の自嘲の響きを聞きとることができよう。ジョイスのように国外離脱によって対象からの距離をとるという戦略によることなく踏みとどまったオブライエンは「湿っぽすぎる」現実に苛立ちながら憂き世「ハードライフ」すなわちこの住みづらい浮き世に居坐る。四〇年に執筆した『第三の警官』の冒頭にオブライエンはシェイクスピアからの引用「常ならぬが人の世の常ですから、起りうべき最悪の事態に処する途を考えておきましょう」（『ジュリアス・シーザー』五幕一場）を掲げた。このとき彼はヒュー・ケナーのオブライエン評「節度あるダブリン人の自死」に至る暗い途を予感していたのではあるまいか。

「排尿および嘔吐に関する論議」を基調とする『ハードライフ』は語り手フィンバーの「荒れ狂う嘔吐の奔流」によって終る。嘔吐はアニーとの結婚を暗にすすめる兄メイナスの助言が引き金になっているにしても、兄という形をとった「卑俗」なるもの総体に対する憎悪のあらわれでもあったろう。自死する男の走り書き「サヨナラ、サヨナラ、サヨナラ」で終る『スウィム・トゥー・バーズにて』最終章と呼応するかのように、『ハードライフ』の結びは語り手に託したオブライエンの身振りであり、われとわが「卑俗釈義」に嘔吐する作者の思いの噴出でもあったであろう。

ここに一枚の写真がある。一九五四年六月十六日、ダブリンのパブ「ザ・ベイリー」に集うオブライエン、パトリック・カヴァナー、アンソニー・クローニンなど一癖も二癖もあるダブリン文人たち。ブルームズデイ五十年ということで彼らのいわゆる「『ユリシーズ』プリグリメイス（巡礼、渋面、恥辱の三語縮約形）」の途上ひと息入れているところである。旅立ちのときから一騒動あった。一行はマーテロ塔（『ユリシーズ』第一挿話）に隣接するマイケル・スコット（新アベイ劇場設計者）の家に集ったのだが、オブライエンとカヴァナーはスコット邸から塔への一番の近道である約四メートルの岩壁をよじのぼりはじめた。屈強なカヴァナーに先を越されたオブライエンは彼の足首をつかんではなさない。足ひっぱり、レッグプル(「悪ふざけ」の意あり)はオブライエンの得意技である。悲鳴をあげるカヴァナー、しがみつくオブライエン——アイルランドを代表する気むずかしい顔の小説家と詩人の子供じみた先陣争いはまさにパンタローネとアルレッキーノの道化踊りさながら。悪ふざけなのか真面目なのか、人には決してそれと察するいとまを与えない道化、いたずら好きのおどけ者にして批評家嫌いの辛辣な批評家である道化——オブライエンは卑俗にまみれた深い悲しみを苦い笑いに変え、フィンバーさながらに嘔吐するアイルランドの道化であり、ケナーの言う作家としての「自死」に至る途を予感しながら、書くという行為そのものに嘔吐する「節度ある」ダブリン人であった。

一九六四年ごろからオブライエンは体調異常に苦しんでいた。知人たちには「神経痛」だとさりげなく言いつくろっていた。実は癌であった。彼自身その事実を知っていたが、〈人には決してそれと察するいとまを与えない道化〉として「日に数回嘔吐を繰り返しながら」新しい喜劇の可能性を模索していた。

『フィネガンズ・ウェイク』が完成に近づいたころ、ジョイスは「わたしはアイルランドの道化にすぎない」と友人に語ったと伝えられている。その三年後、彼は死んだ。『ハードライフ』出版の翌年、オブライエンは「わたしはさしあたり道化を演じている作家にすぎない」と知人に書き送った。その四年後、彼は死んだ。一九六六年四月一日、エイプリルフールの当日であった。

フラン・オブライイエン長篇リスト

At Swim-Two-Birds（1939）『スウィム・トゥー・バーズにて』大澤正佳訳（『筑摩世界文学大系68／ジョイスII・オブライイエン』筑摩書房、一九九八、所収）

An Béal Bocht（1941）※マイルズ・ナ・ゴパリーン名義。アイルランド語による長篇小説。英訳 The Poor Mouth（1973）

The Hard Life（1961）『ハードライフ』※本書

The Dalkey Archive（1964）『ドーキー古文書』大澤正佳訳（『世界の文学16／スパーク・オブライエン』集英社、一九七七、所収／『ギャラリー世界の文学5』集英社、一九九〇、所収）

The Third Policeman（1967）『第三の警官』大澤正佳訳（筑摩書房、一九七三／『筑摩世界文学大系68／ジョイスII・オブライイエン』筑摩書房、一九九八、所収）※一九四〇年に完成していたが生前は未刊行。死後出版。

邦訳短篇・エッセー

John Duffy's Brother「機関車になった男」赤井敏夫訳（『別冊奇想天外／SFファンタジイ大全集』、一九八〇、所載）／「ジョン・ダフィーの弟」高儀進訳（『笑いの遊歩道』白水社、一九九〇、所収）

The Martyr's Crown「殉教者の冠」井勢健三訳（『現代アイルランド短編集』あぽろん社、一九九〇、所収）

A Bash in the Tunnel「トンネルで酒びたり」大澤正佳訳（『筑摩世界文学大系68／ジョイスII・オブライエン』筑摩書房、一九九八、所収）※ブライアン・ノーラン名義で発表されたジェイムズ・ジョイス論。

大澤正佳（おおさわ　まさよし）

一九二八年生まれ。主な著書に『ジョイスのための長い通夜』（青土社）、訳書にフラン・オブライエン『第三の警官』『スウィム・トゥー・バーズにて』（筑摩書房）、『ドーキー古文書』（集英社）、アントニイ・バージェス『ナポレオン交響曲』（早川書房）、リチャード・エルマン『ダブリンの四人』（岩波書店）、ヘンリー・グラッシー編『アイルランドの民話』（青土社、共訳）などがある。

ハードライフ
THE HARD LIFE

2005年2月25日初版第1刷発行

著者　フラン・オブライエン
訳者　大澤正佳

装幀・造本　前田英造（株式会社バーソウ）
装画　谷山彩子
編集　藤原編集室

発行者　佐藤今朝夫
発行所　株式会社 国書刊行会
東京都板橋区志村1-13-15　郵便番号＝174-0056
電話＝03-5970-7421　ファクシミリ＝03-5970-7427
http://www.kokusho.co.jp

印刷所　株式会社キャップス＋株式会社エーヴィスシステムズ
製本所　河上製本株式会社
ISBN4-336-03587-3